浮雲心霊奇譚

菩薩《ぼさつ》の理《ことわり》

神永　学

集英社文庫

浮雲心霊奇譚

菩《ぼ》薩《さつ》の理《ことわり》

目次

死人の理

9

UKIKUMO
SHINREI-KITAN
BOSATSU NO KOTOWARI
BY MANABU KAMINAGA

本文デザイン……………坂野公一(welle design)
イラストレーション……アオジマイコ

浮雲心霊奇譚
菩《ぼ》薩《さつ》の理《ことわり》

◉登場人物

浮雲《うきくも》……………廃墟《はいきょ》となった神社に棲《す》み着く、赤眼《せきがん》の〝憑《つ》きもの落とし〟。
八十八《やそはち》……………古くから続く呉服屋の息子。絵師を目指している。
萩原伊織《はぎわらいおり》……………武家の娘。可憐《かれん》な少女ながら、剣術をたしなんでいる。
土方歳三《ひじかたとしぞう》……………薬の行商。剣の腕も相当に立つ、謎の男。

死人の理

UKIKUMO
SHINREI-KITAN
BOSATSU NO KOTOWARI

序

ざっ、ざっ——。
音がした。
何も見えない。
暗い、暗い闇が、どこまでも広がっている。
ひんやりとしている。
息が、息が苦しい。
無理に吸い込もうとすると、口の中に何かが入ってくる。
土の臭《にお》いがした。
——ここは何処《どこ》？
問いかけてみたが、返事はなかった。

——この暗闇の中には、私しかいないのだろうか？

ざっ、ざっ、ざっ。

音が続いている。

——これは、何の音だろう？

考えている間も、一定の間隔で、休むことなく音が続いている。

よく耳を澄ますと、聞こえてくるのは、音だけではなかった。誰かの声が聞こえる。

——何を言っているのだろう？

息を殺して耳を傾ける。

——え？

声はお経だった。

死人《しびと》を弔う為《ため》に唱えられるお経だ。

どうして、お経が聞こえてくるのだろう。いくら考えても分からなかった。ただ、胸の内からじっとりとした黒い塊のようなものが溢《あふ》れてきた。

言い知れぬ不安に搦《から》め捕られた。

このままでは、自分の生活していた世界から、どんどん引き離されていく——そんな気がした。

自分は、ここにいるのだ——そう叫ぼうとしたが、声が出なかった。

暗闇の中から、逃げだそうとしたが、身体《からだ》が動かなかった。

ざっ、ざっ、ざっ。

音とともに、恐怖が膨らんでいく。

やがて、すっかり心を恐怖に呑《の》み込まれた私の意識は、絶望の闇の中に消えていった。

一

息が詰まる――。

お香《こう》は、水の中から顔を出すように、はっと起き上がった。

障子越しに差し込む青い月明かりが、部屋の中をぼんやりと照らしている。

鈴虫の音色に混じって、他の女中たちの寝息が聞こえた。

首筋と胸元に、びっしょりと汗をかいている。

何か悪い夢を見ていたような気がするが、どうにも思い出すことができない。ただ、臭いだけは鼻先に残っていた。

湿った土の臭いだ。

――あれは何だったのだろう。

お香は、小さくため息を吐《つ》きながら起き上がった。厠《かわや》に行こうと、障子戸を開けて廊下に出る。

ぶるっと身震いがした。

秋が近付き、夜が冷えるようになってきたせいだが、最近、耳にした話を思い出したからでもある。

屋敷の中を幽霊だか、妖怪だかがうろついているという噂《うわさ》が立っていた。

何もなければ、信じるに値しない内容なのだが、お香が奉公しているこの家では、立て続けに不幸があった。それだけでなく、先日、噂を裏付けるような話もあった――。

「あれは、ただの作り話」

お香はそう呟《つぶや》き、頭の中にある悪い考えを振り払った。

廊下の角を曲がろうとしたところで、お香はピタリと足を止めた。足の裏に、妙な感触があったからだ。

ざらざらとした何かを踏んだ。

屈《かが》み込んでじっと目を凝らしてみると、廊下の板の上に、黒い塊のようなものがあるのに気付いた。

お香は、指先でその塊を摘《つま》む。湿気を帯びたそれは、指に挟まれ、ぼろぼろと崩れた。

――何だろう？

鼻に近付け、臭いを嗅いでみる。

「土――」

土の臭いがした。

誰かが土足で駆け回ったか、野良犬あたりが上がり込み、土を散らかしていったのかもしれない。

よく見ると、土の跡は、点々と続いていた。

――気味が悪い。

お香は、そう思いながらも、引き寄せられるように、土の跡を追いかけて歩き始めた。

土の跡は、一つの部屋の障子の前でぷつりと途切れていた。

店の主人である、桝野屋倉吉《ますのやくらよし》の居室の前だ。

倉吉が、裸足《はだし》のまま外に出て、ここまで歩いて来たと思えば、不可解な出来事を説明できなくもないが、いかにもそれは不自然なような気がした。

「失礼します――」

妙な胸騒ぎを覚えたお香は、小声で言いながら、障子を僅《わず》かに開けた。

倉吉は、襦袢《じゆばん》姿で床《とこ》に突っ伏すようにして眠っていた。畳の上には、空になった銚子《ちようし》と盃《さかずき》が転がっている。

昨年、妻に先立たれただけでなく、先日、一人娘のお房《ふさ》も亡くなってしまった。それ以来、自室に籠《こ》もり、浴びるように酒を呑み続けている。

商売にも身が入らず、店は番頭の伊助《いすけ》が切り盛りしている状態だ。

やはり、この家は呪われているのかもしれない。

亡くなったお房は、まだ十九だった。病がちだったわけではなく、快活で明るい女だった。

それが突然に倒れ、帰らぬ人となったのだ。

お房が死んだあと、女中の一人、妙《たえ》が奇妙なことを言い出した。お房が死ぬ前の晩に、幽霊がお房の部屋の床の間に立っているのを見た——と。

それをきっかけに、今までただの噂だと思っていた幽霊の話が、一気に真実味を帯びた。

——そんなはずはない。

お香は、内心で呟くと首を振った。

妙が本当に、幽霊を見たのだとしたら、そのときに言えばいい。お房が死んでから言うということは、それこそみんなを怖がらせようとして、作り話をしたに違いない。

障子を閉めようとしたお香だったが、はたと動きを止めた。

部屋の中で、何か黒い影のようなものが動いた気がしたからだ。

——何？

お香は、息を殺して障子の隙間から部屋の様子を窺《うかが》った。

「ひっ！」

思わず声を上げ、尻餅《しりもち》をついた。

すぐに、逃げだそうとしたが、腰が抜けて動くことができなかった。

とんでもないものを目にしてしまった——。

部屋の中に、一人の女が立っていた。

その女は、長い髪をだらりと垂らし、口許《くちもと》に薄く笑みを浮かべながら、じっと倉吉を見下ろしていた。

もしかして、あれが幽霊。

——違う！

お香は頭の中で強く否定する。

何かの見間違いだと思おうとしたが、女の姿が目に焼き付いて離れない。

お香は、息を呑んだあと、改めて障子の隙間に目を向けた。好奇心からではない。女の姿が消えていることを願ってだ。

女が消えていれば、それは単なる見間違いということになる。

お香は顔を近付けて、そっと部屋の中を覗《のぞ》いた。

倉吉は、相変わらず眠っている。

女の姿はどこにもなかった。

――やっぱり、見間違いだった。

ほっと胸を撫《な》で下ろしたのもつかの間、障子の隙間に、目が現われた。

目だけではない。

女が――。

さっきの女が、障子の隙間から、じっとお香を見据えていた。

その目は、ひどく血走っていて、射竦《いすく》めるような、冷たい光を放っていた。

「いやぁ！」

お香は、悲鳴を上げると同時に意識を失った――。

二

「それは、恐ろしいですね――」

お香の話を聞き終えるなり、八十八《やそはち》は大きく息を吐きながら言った。

八十八の部屋である。

対座するお香の顔は、すっかり青ざめ、死人のような有様《ありさま》だ。普段は、口数も多く、明るいお香だからこそ、余計にそれが際立つ。

「大丈夫だからね」

お香の隣に座っていた八十八の姉のお小夜《さよ》が、優しく声をかける。

相談したいことがある――そう言ってお香が八十八の許を訪ねて来たのは、昼過ぎのことだった。

お香は、近所にある桝野屋の女中で、八十八より二つ上の十八だ。

呉服問屋桝野屋は、呉服屋を営む八十八の家からすると、仕入れ先にあたる。届け物やら何やらで、お香とは知った仲で、年齢《とし》が近いこともあり、親しくしていた。

そんなお香から相談――と言われ、最初は困惑したが、話を聞いてみれば、幽霊がらみの事件だったというわけだ。

「八十八さんが、こういうことに長《た》けていると聞いたので……」

お香が、潤んだ目を八十八に向ける。

本人は怖くて涙を浮かべているのだろうが、妙に艶《つや》っぽく見えてしまった。

「いや、詳しいのは私ではないんですよ」

八十八は、苦笑いとともに口にした。

どうやら幽霊がらみの怪異の解決に、八十八が長けているという噂が広まっているようだが、残念ながらそうではない。

はっきり言って、八十八にできることなど何もない。

これまで、幽霊がらみの怪異の解決に立ち会ったことは何度もある。しかし、それは文字通り立ち会っただけだ。

実際に解決したのは、八十八ではなく、浮雲《うきくも》という名の憑《つ》きもの落としなのだ。

それがどういうわけか、八十八自身が詳しい——という話にすり替わっていて、最近、この手の相談をよく受けるようになってしまった。

「お願いです。私……本当に恐ろしくて……」

お香が、身を乗り出して八十八の手を取る。

ひんやりとした指先の感触に、八十八は思わず身を引きそうになる。

「分かっています。私自身は何もできませんが、憑きもの落としの先生に相談はしてみます。でも……」

「でも、何ですか？」

八十八は、その先を考えて憂鬱になり、ふうっと肩を落とした。

「その憑きもの落としの先生は、少しばかり値が張るんです」

それが厄介なところだ。

浮雲の憑きもの落としとしての腕は一流だ。八十八自身が、何度も目《ま》の当たりにしているのだから間違いない。

だが、浮雲はとんでもない守銭奴《しゅせんど》なのだ。おまけに手癖も悪い。八十八などは、初対面の折に財布の中身を盗まれている。

「大丈夫よ」

あっけらかんと言ったのは、お小夜だった。

「え？」

「浮雲さんは、困っている人を見て放《ほう》っておける人じゃないもの。ちゃんと説明すれば、引き受けてくれるわ」

お小夜の言葉に、八十八はため息を吐いた。

困ったことに、お小夜は、浮雲が人情に厚い男だと思い込んでいる。

おそらく計算しているのだろうが、浮雲はまだ、お小夜の前では守銭奴の一面を見せていない。あくまで、いい人を演じている。

その理由は明白。下心に他ならない。

お小夜だけ――ということならいいのだが、浮雲は誰でもいいのだ。話をしていても、すぐに床の話にすり替わる。

つまり、色を好む男でもあるのだ。

「姉さんは、浮雲さんを買い被《かぶ》っている」

「どうして？」

「あの人は、人情だけで動くような人じゃない」

「これまで散々、お世話になっておいて、酷《ひど》い言いようね」

「でも、それが本当だから……」

「そんなことないわ」

否定するお小夜の声が、わずかに怒りをはらんでいる。

八十八が、浮雲の本性を明かそうとすると、いつもこんな調子になってしまう。

あまり考えたくはないが、お小夜は、浮雲のことを信頼して止《や》まない。もしかしたら、好意すら抱いているかもしれない。

それを考えると、より一層、気分が重くなった。

何だかんだ言いながら、八十八は浮雲のことを嫌いではない。しかし、お小夜の相手となると話は別だ。

「あの……お金のことでしたら、大丈夫です」

八十八の考えを遮るように、お香が言った。

「え？」

女中であるお香の稼ぎは、たかが知れている。貯《たくわ》えがあったとしても、浮雲の憑きもの落としの値段は、そんなものを簡単に吹き飛ばす額だ。

「お金は、桝野屋で払うことになると思います」

「桝野屋で？」

お香が働く桝野屋の主人、倉吉は、気のいい男ではある。だが、商売に関しては妥協を許さないことでも知られている。

そんな倉吉が、女中が見た幽霊の怪異を解決するために、高額な費用を払うとは到底思えない。

これに関しては、お小夜も同感だったらしく、不思議そうに首を傾《かし》げている。

「実は、話には続きがあるんです……」

お香が、神妙な面持《おもも》ちで言った。

「続き？」

「はい」

お香の声は、さっきまでより震えていた。

まるで、これまでの怪異話が前置きであったかのようだ。

「私は、必死で部屋にとって返して、他の女中を起こし、一緒に来てもらったんです。でも、みなが駆けつけたときには、もう幽霊の姿はありませんでした」

「それで？」

「幽霊を見たと言っても、寝ぼけただけだと相手にされなかったんですが、旦那様の部屋の前で、ある物を見つけたんです」

「何を見つけたんですか？」

「櫛《くし》です」

「はい。ただの櫛ではありません。お嬢様が使っていた櫛だったのです」

「お嬢様って、あのお房さんですか？」

八十八が訊《たず》ねると、お香が大きく頷《うなず》いた。

桝野屋の主人、倉吉の一人娘お房は、姿形《すがたかたち》がよく、気立てもいいと評判の看板娘だった。日本橋《にほんばし》の酒卸《おろし》問屋である上州屋《じようしゆうや》の倅《せがれ》が、お房に一目惚《ひとめぼ》れして、婿入りすることが決まっていたらしい。

それが七日前、急に亡くなってしまった。

八十八も、取引先ということもあり、葬儀に顔を出したが、倉吉の沈みようといったらなかった。

「お房さんの櫛が落ちているなんて、おかしいじゃありませんか」

「それは、本当にお房さんのものだったの？」

「はい。間違いありません。埋葬するとき、棺桶《かんおけ》の中に一緒に入れたものなんですから」

「何でそんなものが……」

八十八は、驚きとともに口にした。

「それについては、旦那様もいたく気にされまして……墓を掘り返そうということになったのです」

お香が目を伏せた。

「もしかして、実際に掘り返したのですか？」

「はい」

膝の上に置いたお香の手が、落ち着きなく震えている。

何だか、この先は訊《き》いてはいけない――そんな気がした。しかし、黙っていたところで、何も解決しない。

「それで？」

八十八は、息を呑みながら先を促す。

「空っぽだったんです……」

お香が、酷く掠《かす》れた声で言った。

「空っぽ？」

「はい。お嬢様の亡骸《なきがら》が、なくなっていたんです」

「何と！」

八十八は、思わず腰を浮かせた。

もし、今の話が本当であるなら、死人が墓から這《は》い出した――ということになる。

三

八十八は、古い神社の前に足を運んだ――。

鳥居の塗りは剝げ、雑草が生い茂り、長らく放置されていたことが分かる。

鬱蒼《うっそう》としていて、何とも不気味な雰囲気の漂う神社ではあるが、件《くだん》の憑きもの落とし、浮雲はこの神社の社《やしろ》を根城にしている。

もちろん、神主《かんぬし》ではない。放置されているのを幸いに、勝手に棲《す》み着いているのだ。

本当は、お小夜も行くと言ったのだが、八十八が頑としてそれを拒んだ。

できるだけ、浮雲とお小夜を会わせたくない。あの二人が結ばれるというようなことになると、色々と複雑だ。

というか、それだけは絶対に避けたい。

浮雲は、お小夜を弄《もてあそ》んで捨ててしまうに違いない。

八十八は、ため息を吐きつつも、苔《こけ》だらけの狛犬《こまいぬ》に睨《にら》まれながら鳥居を潜《くぐ》り、社の前に辿《たど》り着いた。

軋《きし》む階段を上り、傾きかけた社の格子戸を開けた。

そこに――。

「わっ、わっ、わぁ！」

八十八は、驚きのあまり、ひっくり返るようにして階段を転げ落ちた。

「騒々しい男だな」

背後から声がした。

八十八がさらに驚きながら振り返ると、そこには浮雲が立っていた。

髷《まげ》も結わないぼさぼさ頭で、白い着物を着流し、赤い帯を巻いている。肌の色は着物よりなお白く、まるで円山応挙《まるやまおうきょ》の幽霊画から飛び出してきたような風貌をしている。

眼《め》を覆うように赤い布を巻き、金剛杖《こんごうづえ》を突いていた。

その布には、なぜか墨で眼が描かれている。

盲目のように見えるかもしれないが、そうではない。浮雲には、死者の魂——つまり、幽霊が見える。

そのせいかどうかは分からないが、浮雲の両眼は、赤く染まっている。

浮雲が、赤い布で自らの両眼を覆うのは、その緋色《ひいろ》の瞳を隠すためだ。八十八などは、綺麗《きれい》だと思ってしまうのだが、世の中、そういう奴《やつ》らばかりではない——というのが浮雲の考えだ。

言い分は分からないでもないが、赤い布に墨の眼など描いている方が、よほど奇異の視線に晒《さら》されそうだ。だが、本人は意に介していない。

「なっ、何でここに？」

八十八は、ゆっくりと立ち上がりながら訊ねた。

てっきり社の中にいるかと思っていたのに、背後から声をかけられたものだから、相当に驚いた。

「何でも糞《くそ》もあるか。小便に決まっているだろうが」

浮雲が、偉そうに胸を張る。誇らしげに言うことではないし、八十八が浮雲の尿意など気に留めるはずがない。

「そんなの知りませんよ」

「で、お前は何をしてる？　いきなり妙な声を上げながら、階段を転げ落ちてただろ」

浮雲が、頭をがりがりとかきながら言う。

――そうだった。

「や、社の中に女の人が……」

八十八は、社を指差しながら声を上げた。

浮雲がいるかと思い、社の格子戸を開けたら、中で女が寝ていた。しかも、襦袢を羽織っただけの半裸の状態だ。

あまりのことに驚き、階段を転げ落ちたというわけだ。

「それがどうした」

浮雲は、しれっと言う。

「え？」

「だから、それがどうした」

「いや、女の人ですよ。半裸の……」

「おれが脱がしたからな」

浮雲がにいっと笑った。

赤く艶のある唇が、ひどく淫靡《いんび》なものに見えた。

「え？　どういうことですか？」

「どうもこうもねぇ。それだけのことさ」

浮雲は、悪びれるふうもなく言う。

そうこうしているうちに、社から着物を着た女が出て来た。髪は、まだ少し乱れている。それが、何とも艶っぽく見えた。

女は、浮雲に小さく黙礼すると、そのまま足早に歩き去って行った。

どこぞで口説いたのか、それとも商売女を連れ込んだのかは分からないが、お楽しみだったというわけだ。

本当に、お小夜を連れて来なくて良かったとほっとする。

いや、むしろ連れて来ていれば、浮雲という男のふしだらさを見せつけるいい機会になったかもしれない。

「で、何をしに来た？」

考えを巡らせる八十八に、浮雲が訊ねてきた。

そうだった。色々とあって本題を忘れるところだった。別に、浮雲の女関係に、ああだこうだといちゃもんをつけるために来たわけではない。

憑きもの落としとしての、浮雲の腕を頼って足を運んだのだ。

「実は、相談したいことがあって……」

八十八は、慎重に切り出した。

浮雲は、腕はいいのだが、なかなか偏屈である上に腰が重い。話の持って行き方を間違えると、平然と依頼を断わってしまう。

上手《うま》く丸め込まなければ、厄介なことになる。

「相談ねぇ……八《はち》がそう言うからには、どうせ幽霊がらみの相談なのだろう？」

「ええ。まあ、その……何というか……」

「煮え切らねぇ野郎だな。話を聞いてやるから、さっさと来い」

浮雲は、そう言うと社の中に入って行ってしまった。

これまで、こんなにもあっさりと、依頼の話を聞くと言ったことはなかった。こうなると、八十八の方が困惑してしまう。

何か、良からぬことを考えているのではないかと勘ぐってしまう。

「何をぼさっとしてやがる」

浮雲が、社から顔を覗かせながら言った。

「行きます。行きますよ」

八十八は、階段を上って社の中に入った。

さっきの女が残したものだろうか。微《かす》かに、梅の花に似た香《こう》の匂いがする。昨晩、この部屋で行われたことを想像すると、何だか居心地が悪かった。

そんな八十八の心情などお構いなしに、浮雲は社の壁に寄りかかり、左膝を立てて座ると、両眼を覆っていた布を外す。

血のように鮮やかな赤い色をした双眸《そうぼう》が、八十八に向けられる。

本人は嫌悪しているが、やはり美しい。

「それで——どういう内容なんだ？」

浮雲は、床の上に盃を置き、そこに瓢《ひさご》で酒を注ぎながら訊ねてくる。

「その前に、訊いてもいいですか？」

「あん？」

「なぜ、こうもすんなり話を聞く気になったのですか？」

「なぜも何も、おれは憑きもの落としだ。依頼の話を聞くのは当然だろうが」

浮雲の言い分は筋が通っているのだが、いつもの浮雲を知っている身からすれば、不自然この上ない。

「本当に、それだけですか？」

「何が言いたい？」

「いつも、小理屈を捏《こ》ねて、かかわるのを嫌がるじゃないですか」

「阿呆《あほう》が。それは、お前が金にならねぇ話を持って来るからだ」

「え？」

「惚《とぼ》けるな。大した得にもならん話を持ってくるのは、どこのどいつだ？」

「それは……」

そう言われてしまうと、強く否定できない。

確かに、八十八が浮雲のところに持ち込む事件は、頼まれて断わり切れず——といったものが多かった。

だが、そうなるといよいよ分からない。

「今回の一件だって、同じかもしれませんよ」

何せ、八十八はまだ何も話していないのだ。それが、金になるかどうかなど、分かるはずがない。

「阿呆が」

浮雲は、そう言うと鼻を鳴らして笑った。

「何が阿呆なのです？」

「分からねぇか？」

「分からないから、訊いているのです」

「今回の依頼は、呉服問屋の桝野屋からのものだ。で、お前はすでに前金《まえきん》を預かっている。違うか？」

まさに、その通りである。

「ど、どうしてそれが分かったのですか？」

「その巾着だよ」

浮雲が、八十八の持っている巾着袋を指差した。

「これだけで、そこまで分かるのですか？」

「当然だろ。その袋の膨らみ具合からして、中身は金だ。しかも、桝野屋の紋が入っている。ということは、依頼人は桝野屋で、しかも中身は前金だって考えるのが普通だろ」

「そうか……」

理屈は納得したが、巾着袋を見ただけで、そこまで考えを巡らせることができるのは、それこそ浮雲だけだろう。

浮雲は、にやりと笑うと、盃の酒をぐいっと一気に呑み干した。

「受けて頂けるのですか？」

八十八が改めて訊ねると、浮雲は返事をすることなく、盃に瓢の酒を注ごうとする。しかし、いくら傾けたところで、一向に酒は出て来ない。

浮雲はついに諦めたらしく、ふうっと息を吐きながら、瓢を床に転がした。

「内容次第だな」

浮雲が、ポツリと言った。

「それは良かった」

「受けるにしても、受けないにしても、こいつは頂くぜ」

いつの間にか、八十八が持っていたはずの巾着を、浮雲が手にしていた。そればかりか、袋を開けて中身を確認している。

油断も隙もあったものではない。

だが、何にしても、話を聞いてもらえるならそれに越したことはない。いくら浮雲でも、前金に手をつけてしまったら、依頼を引き受けるしかないだろう。

八十八は、改めて浮雲に、桝野屋でお香が体験した心霊現象について語り始めた。

お香が主人の居室で幽霊を目撃し、七日前に死んだお房のものと思われる櫛を見つけたこと。さらに、そのことを不審に思った桝野屋の主人、倉吉が指示してお房の墓を掘り返したところ、死体がなくなっていたことを、手短に説明した。

「と、いうわけなんです――」

八十八が話し終えると、浮雲は声を上げて笑った。

「なぜ、笑うのですか？」

そう訊ねると、浮雲は腕を枕にしてごろんと横になった。

「つまらん話だからだ」

「どうしてですか？」

八十八は、ぐいっと身を乗り出しながら訊ねる。

死んだはずの人間が、墓から出て、自らの家に舞い戻ったのだ。つまらん話と切って捨てるような内容ではない。

「どうしても、こうしてもあるか。もし、その話が事実だとするなら、おれの領域じゃゃねぇ」

「え？」

「惚《ぼ》けてんじゃねぇよ。おれの専門が何だったか、忘れたわけじゃあるまいな」

「幽霊――ですよね」

浮雲は、幽霊が見えるという特異なその眼を活《い》かし、憑きもの落としを生業《なりわい》としている。

「墓から死体が這い出したんだとしたら、それは幽霊じゃねぇ」

「違うのですか？」

「当たり前だ。幽霊ってのは、死んだ肉体から離れた魂のことだ。つまり、実体のないものなんだよ」

「ああ……」

いっしょくたに考えてしまっていたが、言われてみればその通りだ。

お香が死んだお房を見たというところまでは、浮雲の領域ではあるが、そのあとの墓からお房の死体が消えていたということに関しては、浮雲の手には負えないということだ。

だが――。

「依頼を受けないのなら、お金は手に入りませんよ」

八十八は、食い下がるように言った。

浮雲が憑きもの落としとして優れているのは、何も幽霊が見える赤い眼を持つからだけではない。

これまで、怪事の裏にある謎を、ことごとく解きほぐして来た。

その頭があれば、今回の事件も解決に導けるのではないかという期待があった。

「前金は、もう貰《もら》っている」

そう言って、浮雲が金の入った巾着袋を持ち上げて揺する。

じゃらじゃらと金の鳴る音を聞き、浮雲は恍惚《こうこつ》とした表情を浮かべてみせる。まさに守銭奴だ。

「だったら、ちゃんと責任を持って下さい。前金は、依頼を受けることを前提に支払われるものですよ」

「貰っちまえば、こっちのもんよ」

浮雲は、ひょいっと巾着袋を着物の袖に仕舞《しま》ってしまう。

「そうはいきません」

「八は真面目《まじめ》過ぎるんだよ」

「いけませんか？」

「そんなんじゃ、武家の小娘に嫌われちまうぜ」

武家の小娘とは、萩原《はぎわら》家の娘である伊織《いおり》のことを指しているのだろう。

どうも浮雲は、八十八が伊織に惚れていると勘違いしているようだが、そんなつもりは毛頭ない。

もちろん伊織は魅力的だと思うが、武家の娘である伊織と、町人の倅である八十八とでは、身分が違い過ぎて、色恋の話にならないのだ。

それに――。

「伊織さんは関係ありません」

八十八が怒ったように言うと、浮雲がこれみよがしにため息を吐いた。

「まったく、うるさくもなりますね、うるせぇ男だな」

「うるさくもなります」

「仕方ねぇ。取《と》り敢《あ》えず行ってやるよ。ただし、解決できるとは限らんぞ」

言い方には、色々と注文をつけたいが、どうにか重い腰を上げてくれただけ良しとしよう。

四

「どこに向かっているんですか？」

八十八は、前を行く浮雲に訊ねた。

いつものように、赤い両眼が隠れるように赤い布を巻き、金剛杖を突き、盲人のふりをしながら歩いている。

「寺に決まっているだろう」

浮雲がぶっきらぼうに答える。

「寺？」

「件の女が埋葬された墓を見に行くのさ」

目的は分かったが、八十八は釈然としなかった。

「先に、話を聞きに行った方が良いのではないですか？」

怪異が起きたのは、桝野屋だ。先に桝野屋の関係者から話を聞いた方が、事情も分かるし、何かと都合がいい気がする。

「お前は、おれの話を聞いていなかったのか？」

浮雲が足を止めて振り返る。

墨で描かれた眼が、じっと八十八を見据える。赤い眼より、こちらの方が恐ろしい。

「聞いていましたよ。ちゃんと」

「だったら、分かるだろ」

「分からないから、訊いているんです」

八十八が言い張ると、浮雲ははあっとため息を吐き、再び歩き出した。

そんな態度を取られても、分からないものは分からない。

「ちょっと待って下さい」

八十八は、浮雲に追いすがる。

「おれは、今回の依頼を受けるとはまだ言っていない」

「でも、さっき取り取えず行ってやると……」

「そう。取り敢えず行くと言っただけで、受けるとは言っていない」

「小理屈ですね」

「好きに言え。まあ、何にしても、話を聞く前に、娘が本当に墓から這い出したかを、確認しておく必要がある」

「確認する必要はありますけど、どうしてそれが話を聞く前なんですか？」

「仮に墓から死体が消えていたのが事実だとして、今のところ考えられる可能性は二つだ——」

「何です？」

「一つ目は、本当に死んだ娘が生き返り、墓から這い出した。この場合、悪いがおれの出る幕はねぇ。妖怪怪異の類《たぐい》は、手に負えんからな」

それは、社にいるときから言っていた。

八十八の説得に応じて、それでも力を貸してくれるのかと思っていたが、そうではなかったらしい。

「もし、そうだったら、どうするつもりですか？」

「依頼を断わる」

浮雲がきっぱりと言う。

「そんな無責任な……」

「できもしないことを引き受けるのは、無責任じゃねぇのか？」

そう問われると、言葉に詰まってしまう。

八十八などは、すぐに安請け合いをしてしまう性質《たち》だが、そのせいで、相手に余計に迷惑をかけてしまうことがあるのも事実だ。

落ち込みかけた八十八だが、気を取り直した。浮雲は、可能性は二つある――そう言っていたのだ。

「二つ目は何です？」

「墓泥棒だ」

あまりに当たり前過ぎて、その可能性を失念していた。

昨今、墓を掘り返し、一緒に埋葬してある金目のものを持ち去るという事件が起きていると聞く。

だが、そうなると――。

「墓泥棒だった場合は、浮雲さんの出番はないということですか？」

もし、墓泥棒が犯人であったとするなら、それを捕らえるのは奉行所の役割だ。これもまた、浮雲の専門外ということになる。

「阿呆が」

浮雲が吐き捨てるように言った。

「何が阿呆なのですか？」

「阿呆だから、阿呆と言ったまでよ。もし、墓泥棒が娘の死体を盗んだのだとしたら、桝野屋に現われた娘は、実体のない幽霊である可能性が高い」

言われて、なるほど――と納得した。

「つまり、もし墓泥棒が死体を盗んだのだとしたら……」

「そう。おれの出番というわけだ」

浮雲が振り返り、口許に笑みを浮かべた。

だから、浮雲は先に寺に足を運び、状況を確かめようとしたというわけだ。途中で、手に負えないと投げ出すより、会う前に状況を整理しておいた方が有益だ。

などと考えている間に、浮雲はピタリと足を止めた。

「着いたぜ」

話している間に、娘が埋葬されていた大円寺《だいえんじ》に到着した――。

山門を潜り、境内に入る。

こぢんまりとした本堂があり、渡り廊下でつながれた、小屋のような庫裏《くり》がある。本堂の脇には、大きな桜の木があり、緑の葉を生い茂らせていた。

あまり大きな寺ではないが、手入れは行き届いていた。

「どうかされましたか？」

法衣《ほうえ》を纏《まと》った僧侶が声をかけて来た。

年齢は二十代半ばくらいだろう。卵形の整った顔立ちに、涼しい目許をしていて、知的で優しい印象のある男だった。

「あんたは？」

浮雲は、ずいっと僧侶に顔を近付けながら言った。まるで臭いでも嗅ぐみたいに、鼻をひくつかせる。

勝手に寺に入り込んだのはこちらだというのに、無遠慮で無礼な振る舞いだ。

「この寺の僧侶で、道覚《どうかく》と申します」

道覚と名乗った僧侶は、浮雲の無礼な態度を咎《とが》めることも、その異様な風体《ふうてい》を不思議がることもなく、目を細めて笑ってみせた。

人の好《よ》さが滲《にじ》み出ている。

「おれは浮雲という。こっちは、八だ――」

「それで、今日は何かご用ですか？」

「おれは憑きもの落としを生業としている。桝野屋の娘の件で、あんたに少しばかり訊きたいことがある」

浮雲が口にすると、道覚の表情から笑みが消えた。

「お房さんの件ですか……」

呟くように言って、道覚は俯《うつむ》いてしまった。口調も重い。

自分の寺の墓から死体が消えたのだ。平然と話せる方がおかしい。

「お房という娘の死体が、墓から消えたという話は、本当なのか？」

浮雲が問うと、道覚は顔を上げ、「はい」と小さく返事をした。その目は、所在なく揺れている。

「埋葬は確かにしたのか？」

「間違いありません。私も立ち会っていますので……」

「棺桶に入れてあったんだな」

「ええ」

「掘り返すと言い出したのは、桝野屋の主人だな」

「はい」

「それまで、墓に変わった様子はなかったか？」

「変わった様子？」

道覚が、僅《わず》かに首を傾げた。

「墓が荒らされていたりとか、そういったことはなかったのか？」

浮雲が、墨で描かれた双眸で道覚を睨む。

「いえ。特に変わった様子はありませんでした。掘り返すことになったときも、墓は埋葬したときのままでした」

道覚が淡々とした口調で答える。

「その墓を見せてもらいたいのだが……」

道覚は、浮雲の申し出に「構いません。どうぞ」と、案内をするように歩き出した。

浮雲は金剛杖を突き、盲人のふりをしながら歩く。八十八も、そのあとに続く。庫裏の近くを通ったとき、浮雲がふと足を止めた。

「どうしたのですか？」

八十八が問いかけたが、浮雲は答えない。

ただ、唇を舐《な》めながら何かを探るように、墨の眼で周囲に視線を走らせる。

いったい何を考えているのだろう？　八十八が考えている間に、浮雲は「なるほど……」と呟き、再び歩き出した。

「この寺は、お前だけなのか？」

歩みを進めながら、浮雲が道覚に声をかけた。

「はい」

「ずいぶんと声が若いようだが……」

「私は、別の寺で修行していたのですが、三年ほど前に先代が亡くなりまして、後を継ぐことになりました」

「まだ、駆け出しというわけだ」

「そうですね」

道覚が苦笑いを浮かべながら言った。

「苦労されたのでしょう?」

八十八が訊ねると、道覚は首を左右に振った。

「いいえ。皆さん、よくしてくれます。桝野屋さんも、それに診療所の先生も――」

口ではこう言っているが、若くして見知らぬ土地の寺に入った道覚の歩みが、決して平坦《へいたん》なものでなかったことは、容易に想像がつく。

「こちらです」

道覚は、墓地の一角で足を止めた。

その場所は、土が掘り返されたままになっていて、ぽっかりと穴があいていた。覗き込んでみると、中には空っぽの棺桶が入ったままになっていた。

蚯蚓《みみず》やら百足《むかで》やらが、棺桶の周りを這っている。

お房が、ここから抜け出したかと思うと、棺桶の入った穴が、何だか禍々《まがまが》しいものであるかのように見えた。

浮雲は穴の前に跪《ひざまず》き、土を摘んで鼻に近付け、臭いを嗅いでいる。

「あんたは、以前からお房という女を知っていたのか?」

浮雲が、不意に立ち上がり訊ねた。

「ええ」

道覚が静かに頷く。

「どういう女だった？」

「どうと言われますと？」

「言葉のままだ。お前は、お房のことをどう見ていた？」

「そうですね……とてもいい人でした」

「杓子定規《しやくしじょうぎ》の答えは要らん。あんたが感じたままを言え」

「そう言われましても……」

道覚が口籠もる。

それはそうだろう。僧侶である道覚が、他人のことをあれこれ評するのは憚《はばか》られるに違いない。まして、相手は故人だ。

「思ったことを言うだけだ。難しいことじゃねぇだろ」

墨で描かれた眼が、道覚を見据えて離さない。

しばらく、黙っていた道覚だったが、やがて逃げられないと思ったのか、重い口を開いた。

「そうですね。とても器量が良くて、近所でも評判でしたね」

「ほう。美人だったのか？」

「そういう評判です」

「お前は、どう思う？」

「私は、仏に仕える身ですから……」

「誰に仕えていようが、美しいものを、美しいと感じる心はあるだろう」

「そう言われれば、とても美しい人でした」

道覚がわずかに目を細めた。

お房の姿を、目に浮かべているのかもしれない。

「それで、どんな人柄だったんだ？」

「気遣いができて、頭の回転が速かったですね。私がこちらに来たばかりの頃などは、色々と取り計らってもくれました。それから、よく笑う人でした。ですが……」

そこまで言って、道覚は言葉を濁した。

浮雲は道覚に顔を向け、赤い布に描かれた双眸で睨む。

「続きは？」

浮雲に促され、道覚は下唇を噛《か》む。

しばらく黙っていたが、やがて掠れた声で話し始めた。

「お母さまが亡くなられてから、ずいぶんと塞ぎ込むようになりまして……」

道覚に言われて、八十八も思い出した。桝野屋のお内儀《かみ》が亡くなったのは、確か昨年のことだった。

「本当に、それだけか？」

浮雲が問う。

「と、言いますと？」

道覚が、わずかに首を捻《ひね》る。

「お房が塞ぎ込んでいたのは、母親が死んだからだけか？　と訊いているんだ」

「どういう意味でしょう？」

「他に何かを抱えている。或《あ》るいは、隠している様子はなかったか？」

「いや、特には……なぜ、そのようなことを訊くのですか？」

道覚が訊ねると、浮雲は不敵な笑みを浮かべた。

「病にかかっていたわけでもないお房が、急に死んだ。これは、どう考えても不自然だ」

「何が言いたいのですか？」

「お房は、誰かに殺されたかもしれんと言っているんだ」

浮雲が言うと、道覚は目を丸くして息を呑んだ。

驚きの気持ちは八十八も同じだった。

「そんな……恐ろしいことを……」

道覚が頭《かぶり》を振りながら言った。

仏門にある道覚からしたら、殺人などとは考えたくないのだろう。

「こいつは、第三の可能性を考えなきゃならんな」

浮雲がぽつりと言う。

「どういうことですか？」

八十八の問いかけに、浮雲は答えなかった。

ただ、暮れ始めた茜色《あかねいろ》の空に顔を向け、小さく笑みを浮かべるだけだった。

五

八十八が浮雲と一緒に桝野屋を訪れたときには、日がとっぷり暮れていた——。

「ご免下さい」

店に入ると、番頭の伊助が顔を上げた。
三十二、三だったと思う。人懐《ひとなつ》こい性格で、やたらと顔が広い。町人だけに留《とど》まらず、武士にも顔が利くという話だ。
「ああ。八さんですか」

「どうも。ご無沙汰してます。実は、お香さんから、幽霊の件で……」

八十八が言うと、伊助は「ああ」と気の抜けた声を上げた。

「何だか、すみませんねぇ……」

伊助が申し訳なさそうに頭を下げる。

「え？」

「いや、死人が生き返って、方々を歩き回るなんて、あり得ないんですよ。それなのに、大騒ぎをして……商売にも影響が出るってもんです」

そういうことか――と納得する。

同時に、伊助が幽霊のことをまるで信じていないことが、ひしひしと伝わって来た。妙な噂が立っては厄介だと感じているところもあるのだろう。

「ずいぶんと、疑ってるな」

浮雲が鋭い口調で言った。

伊助は、声をかけられて、初めて浮雲の異様な姿を目にしたらしく、ぎょっとした顔をする。

「あっ、この方は腕利きの憑きもの落としの先生で、浮雲さんです」

八十八が慌てて紹介をすると、伊助は「そうでしたか――」と納得したあと、ばつが悪そうに頭をかいた。

「憑きもの落としの先生がいらっしゃるとは露《つゆ》知らず、余計なことを言ってしまいました。すみません」

「構わんさ。それより、お前が今回の一件を、あり得ないと思う理由は何だ？」

浮雲が、赤い布に描かれた眼で、ギロリと伊助を睨む。

描かれたものであることが分かっていても、浮雲の放つ空気と相まって、異様な圧迫感を生み出している。

「いえ、これといった理由なんてありません。まあ、言うなれば、幽霊だの妖怪だのを信じちゃいないってだけです。あっ、もちろん、あなた様のことを疑ってるとか、そういうことじゃありませんよ」

話の途中から、浮雲を立てようとした結果なのだろうが、言っていることが矛盾している。

とはいえ、伊助を責めることはできない。幽霊や妖怪に対して、疑いをもつ人はたくさんいる。邪険に振る舞わないだけ、ましな方だろう。

「それにしても、でかそうな店だな。儲《もう》かっているんだろう」

浮雲がぽつりと言うと、伊助は「いえいえ」と首を左右に振った。

「昨今は攘夷《じょうい》だ何だと、何かと物騒で、なかなか厳しいですよ」

伊助の言う通りだ。

黒船が来航して以来、攘夷運動なるものが盛んになり、過激な思想をもった武士が闊歩《かっぽ》しているという話はよく聞く。

御上《おかみ》も、それを抑えようと躍起になっているが、それが余計に反感を買っている。

「それで、お房という娘について訊きたいんだが」

浮雲が改まった口調で切り出す。

「へい。私の知っていることで良ければ」

「お房は、何が原因で死んだ？」

「詳しいことは、私にもちょっと分からないんです」

「分からない？」

「はい。昼までは、普通にしていたんですがね、夕飯をとったあとに、急に倒れまして。慌てて診療所に駆け込んだんですが……」

伊助はため息混じりに頭を振った。

「どこの診療所だ？」

「どこだったかな。動転していたので……」

伊助が頭をかいた。

「妙な隠し立てをするなよ。調べれば、どうせ分かることだ」

浮雲が凄《すご》むと、伊助は身体を仰《の》け反《ぞ》らせた。

「隠し立てなんて滅相《めっそう》もない。えっと……確か小石川《こいしかわ》先生のところだったと……」

その名を聞き、八十八は「ああ」と声を上げた。

小石川診療所の医師、小石川宗典《そうてん》のことなら、八十八も知っている。ある事件のときに、少しばかりいざこざがあった。

「あいつは、藪《やぶ》医者だからな」

浮雲は吐き捨てるように言った。

酷い言いようだが、浮雲がこういう言い方をするのには、理由がある。

件の事件のとき、小石川は医師としてあるまじき行為を行った。そのことを浮雲に看破されている。

あれに懲りて、小石川も性根を入れ替えているであろう。それなのに、方々で「藪医者」と扱《こ》き下ろすのは可哀想《かわいそう》だ。

「そんな言い方はないでしょう」

八十八が耳打ちするように訴えると、浮雲は「藪だから、藪と言ったまでよ」と、平然と言い放ち、伊助に質問を続ける。

「墓には確かに埋めたんだな？」

「ええ。もちろんです。棺桶に入れて、埋葬しました」

「お前は見たのか？」

「何をです？」

「墓に埋めるところだ」

「ええ。穴を掘るのも手伝いましたから、間違いありません」

「それなのに、墓から死体が消えていた」

浮雲が言うと、伊助の表情が一気に曇った。

「ええ。そのようです……」

「掘り返したとき、お前もいたのか？」

「はい。お香の一件を聞いた旦那様が、お房さんが、生き返った——そう言い出しましてね。それで、店の男衆《おとこしゅう》を連れて墓を掘り返すってことになったんです」

「それで？」

「墓を掘り返して、死体があることを確認したら、旦那様の気が済むと思ったんですが……」

そこまで言って、伊助は困ったように眉を下げた。

ここまでは、大円寺で道覚から聞いた話と相違はないようだ。

「墓から死体がなくなっていたのだな」

浮雲が言うと、伊助はふーっと息を吐いた。

「いや、しかし、本当に死人が生き返るとは思えません」

伊助が小さく首を振る。

お房が生き返ったなどという話は、認めたくないのだろう。幽霊や妖怪の類を信じない伊助なのだから、死人が生き返るなどという話も、当然、信じていない。

「生き返ったのでないとしたら、なぜお房の死体は消えていたんだ？」

浮雲が問う。

「墓泥棒が荒らしたんじゃないかって、そう思うんです」

「確かに、それで墓から死体がなくなっていたことの説明になるかもしれん。だが、この屋敷に現われたのは、どういうことだ？」

浮雲の言葉に、伊助が困ったように頭をかいた。

「憑きもの落としの先生は、どう考えていらっしゃるんですか？」

逆に伊助が問う。

「さあな。詳しいことは、まだ分からん。だが――」

そこまで言って、浮雲は言葉を切った。

この先、何を言わんとしているのか、待ってみたが、いつまで経《た》っても浮雲は黙ったままだった。沈黙が、重苦しい空気となって辺りを包んだ。

そうこうしているうちに、お香が姿を現わした。

「八十八さん。来て下さったのですね」

お香が、ぱっと表情を明るくしながら言った。

「もちろんです」

「良かった……私、不安で、不安で……」

「他ならぬお香さんに頼まれたのです。すっぽかしたりしませんよ」

「ありがとうございます」

そう言って、お香が八十八の手を取った。

お香は、昔からの馴染《なじ》みではあるが、こんな風に触れられると、何だか妙な気恥ずかしさを覚える。八十八は、思わず頬を赤らめてしまった。

そんな八十八を見て、浮雲が空咳《からせき》をする。

「あ、紹介が遅れました。こちらが、お話しした憑きもの落としの先生の浮雲さんです——」

八十八が紹介すると、浮雲は例の如《ごと》く鷹揚《おうよう》に頷いてみせた。

お香は、浮雲の異様な風体に、驚きの表情を浮かべたが、すぐに表情を引き締めた。

「お待ちしておりました。どうぞ、こちらに——」

お香に案内されて、八十八は浮雲と一緒に歩みを進めた。

六

「どっちなんだ？」

浮雲が唐突に口を開いた。

桝野屋の客間である。案内してくれたお香は、主人である倉吉を呼びに行くために出て行った。

今は、八十八と浮雲の二人だけだ。

正座している八十八とは対照的に、浮雲は壁に寄りかかり、左膝を立て、右足を放り出すようにして座っている。

「何のことです？」

「武家の娘と、あのお香という女中、お前はどっちに惚れている？」

いきなり何を言うのかと思えば、また惚れた腫れたの話だ。

浮雲は、何かというとこういう話を持ち出す。常に、女のことしか考えていないのではないかとすら思ってしまう。

「止《や》めて下さい。お香さんとは、そんなんじゃありません」

「ほう。では、本命は武家の娘か」

浮雲は、顎に手をやりながら、ふんふんと何度も頷く。

「ですから、伊織さんとは身分が違い過ぎます。私などが惚れていい相手ではありませ
ん」

「そうなると、やはりお香という女か？」

「何でそうなるんです？」

八十八は、半ばうんざりしながら口にする。

「お香なら身分違いはないぞ」

「別に、身分だけで恋をするわけではありません」

八十八が否定すると、浮雲は、我が意を得たりとばかりに、にいっと笑ってみせる。

「矛盾しているな」

「何がです？」

「身分で恋をするのでないなら、相手が武家の娘でも、関係なかろう」

何だか上手い具合に浮雲に誘導された気がする。

浮雲の理屈は分からないでもないが、どうにも素直に聞くことができない。それは、
おそらく——。

「そんなことより、浮雲さんは今回の一件、どう考えているんですか？」

これ以上、身分と恋の話をしたところで、どうにもならない。八十八は、半ば強引に

話を引き戻した。

「まあ、聞いた話が真実だとするなら、死人が生き返ったというところか――」

「そんなことが、あり得るのですか？」

八十八は、信じられない思いで口にした。

「小栗判官《おぐりはんがん》の話を知っているか？」

「さあ？」

八十八は首を捻った。

名前は耳にしたことがある気がするが、どういう人物かは知らない。

「小栗判官は、罪をきせられ、常陸国《ひたちのくに》へと流された男だ。そこで、相模《さがみ》の郡代《ぐんだい》の娘と恋に落ちたんだが、そのことが娘の親族の怒りを買い、毒殺されてしまった――」

「酷い」

八十八は、思わず声を上げた。

ただ、恋をしただけで、毒殺されたのではたまったものではない。

「殺された小栗判官は地獄に落ちたのだが、閻魔《えんま》大王の同情を買い、餓鬼阿弥《がきあみ》の姿に変えられ、現世に送り戻された」

「それで、どうなったのです？」

「紆余曲折《うよきよくせつ》の後、四十九日間、熊野《くまの》の湯に浸《つ》かったところ、元の姿に戻ったそうだ」

「それは、本当ですか？」

八十八が興奮気味に訊ねると、浮雲は首を振りながら小さくため息を吐いた。

「知らねぇよ。そういう伝承があるってだけのことだ。歌舞伎や浄瑠璃なんかになっているし、半分は作り話だろうな」

「でも……」

八十八の反論を遮るように障子が開いた。

まず、部屋に入って来たのは倉吉だ。お香が、そのあとに続いて入ってくる。

向かいに座った倉吉の顔を見て、八十八はわずかに息を呑んだ。

頬はげっそりとやせ細り、目の下に隈《くま》ができていて、顔色は死人のように青白い。葬儀で見たときよりいっそう憔悴《しょうすい》しているようだった。

そんな中にあって、目だけは爛々《らんらん》と輝きを放っている。言い方は悪いが、飢えた犬のようだ。

「あなたが、憑きもの落としの先生ですか？」

倉吉は、浮雲に目を向けると、嗄《しわが》れた声で問う。

浮雲は依頼主を前にして、姿勢を正すこともせず、無表情のまま「そうだ」と頷いてみせる。

「どうか、娘を取り戻して頂けないでしょうか」

倉吉が身を乗り出す。

異様に見開かれた目が、真っ直《ます》ぐに浮雲に向けられている。今にも、飛びかからんとしているようだ。

「娘を取り戻す？　祓《はら》うのではないのか？」

浮雲が問う。

「祓うなんてとんでもない。娘は生き返れるはずです」

倉吉が激しく首を振る。

「死人が生き返ったとなると、それは、もはや人ではないかもしれんのだぞ」

浮雲が無表情に告げる。

——人ではない。

その言葉が、八十八の心を震わせた。それは、話を聞いていたお香も同じだったらしく、青い顔で俯いた。

「何であろうと構いません」

倉吉がきっぱりと言う。

「ほう」

浮雲が、感心したように声を上げる。

「鬼であろうが、妖怪だろうが、あれは間違いなくお房です」

倉吉は、そう言いながら拳を固く握った。

今の言葉は——。

「もしかして、お房さんに会ったのですか？」

八十八が訊ねると、倉吉が大きく頷いた。

これまでの話からして、てっきりお房を見たのはお香だけなのだと思っていたが、どうやら違うらしい。

「お房は、私の枕辺《まくらべ》に立ったのです」

「何か言っていたか？」

浮雲が問う。

「お父《とっ》さん。どうか、逃げて下さい——と」

——どういうことだ？

八十八は、思わず首を捻った。

「妙だな……」

浮雲は、呟くように言って尖《とが》った顎に手を当てる。

「お房が戻ってくるのなら、私はそれでいい。何なら、私の身体をくれてやっても構いません。だから、どうかお房を——」

倉吉は、訥々《とつとつ》と話したあとに、畳に擦《こす》り付けるように頭を下げた。

自らの命を捨ててでも、娘に会いたいと願うことは、娘に対する深い愛情なのだろうが、同時に異様さもはらんでいるような気がした。

娘を求めるあまり、まっとうな心を捨ててしまった。八十八には、そんな風に見えた。

「あんたの覚悟は分かった。だが、そうなるとおれの領域ではない」

浮雲が言うと、倉吉は「え？」という顔をする。

「おれの専門は死者の魂――つまり幽霊だ。実体がある怪異の類は手に負えん」

「いや、しかし……」

「悪いが、余所《よそ》を当たってくれ」

浮雲は淡々と言うと、ゆっくりと立ち上がり部屋を出て行こうとする。

「お、お待ち下さい。どうか、どうか娘を」

倉吉が、浮雲の足にすがりつく。

「おれは、憑きものを落とすのが仕事だ。死人を生き返らせる術《すべ》は知らん」

浮雲は突っぱねるように言うと、すがりつこうとする倉吉を振り払って部屋を出て行ってしまった。

倉吉は、肩を落として呆然《ぼうぜん》としている。

やっと見つけた一縷《いちる》の望みを、眼前で握り潰されたようなものだ。もはや、動く力も残っていないのだろう。

「八十八さん……」

お香が、不安に揺れた目を向けてくる。

「あの……その……すみません。もう一度、浮雲さんと話してみます」

八十八は、しどろもどろになりながら言うと、一礼をして逃げるように部屋を飛び出し、急いで浮雲のあとを追う。

「ちょっと待って下さい」

桝野屋を出たところで、浮雲に追いつくことができた。

「何だ？」

浮雲は、足を止めて振り返る。

「どうして、あんなことを言ったんですか？」

「事実だからだ」

浮雲は、悪びれることもなく言った。

確かにあの場で、浮雲が言ったことは事実だ。

浮雲の仕事は、霊を祓うことで、死人を生き返らせることではない。

「それはそうかもしれません。でも……あんなに必死に頼んでいるのに……」

「必死だからだよ」

「え？」

「できもしないことを、できると言って、期待を持たせろとでも言うのか？」

赤い布に描かれた眼に、ギロリと睨まれ、八十八は言葉を失った。

「これは、返しておけ」

浮雲はそう言って、前金の入った巾着を八十八に投げて寄越《よこ》した。

巾着の重みを感じながら、八十八は浮雲の真意を悟った。

同情して、倉吉に「大丈夫だ」と声をかけるのは簡単だ。しかし、それは一時の慰めに過ぎない。やがては、倉吉を裏切ることになる。

それは、優しさではない。無責任で、残酷な仕打ちなのだ。

ぶっきらぼうで、金に汚い浮雲ではあるが、だからといって冷酷なわけではない。人としての優しさをもっている。

とはいえ、ここで引き下がるのも、どうにも後味が悪い。

「しかし……」

言いかけた言葉を、八十八は呑み込んだ。

お香が、駆け寄って来るのが見えたからだ。

「八十八さん――」

すぐ目の前まで駆け寄って来たお香が、息を切らしながら言う。

「どうしました？」

「あの……本当に、何とかならないでしょうか？」

「ならん！」

浮雲が、持っていた金剛杖で地面を突きながら言った。

その迫力に気圧《けお》されて、お香は身体を強張《こわば》らせる。しばらく縮こまっていたお香だったが、やがて意を決したように口を開く。

「旦那様はああ仰《おつしや》っていますが、私たちは、お嬢様を生き返らせようとは、思っていません」

「どういうことだ？」

浮雲が問う。

「お嬢様が、この先も屋敷の中をうろつくかと思うと、私たちは、ただ恐ろしいのです。ですから、もし、あれがお嬢様の幽霊なら、祓っては頂けないでしょうか？　もちろん、お金は払います」

お香が深々と頭を下げる。

生き返らせるという、倉吉の願いは叶《かな》えられないが、祓うことならできるかもしれない。楽観的な考えだが、結果としてそれが、倉吉が気持ちを整理するきっかけになることもある。

「私からもお願いします」

八十八も、腰を折って頭を下げた。

浮雲は、しばらくの沈黙のあと、盛大にため息を吐いた。

「どうなっても知らんぞ」

ぽつりと言った浮雲の言葉に、八十八は「え？」と顔を上げた。

そこに佇《たたず》む浮雲の顔を見ていると、既に、今回の事件の謎を解き明かしているかのように見えた——。

七

翌日——。

八十八は、改めて桝野屋を訪れることになった。

自分の意思でそうしたわけではない。浮雲から指示されたのだ。

当の浮雲は、調べることがある——と別行動をとっている。そんなことを言いながら、浮雲のことだから、どうせ酒でも呑んでいるのだろう。

八十八は、再び倉吉と対面することとなった。お香の姿もあった。

「お房さんのことについて、幾つかお訊きしたいのですが……」

そう切り出すと、倉吉は怪訝《けげん》な表情を浮かべた。

昨日、依頼は受けられないと出て行ったにもかかわらず、舞い戻って来たのだから、そういう表情になるのも当然だろう。

「もしかしたら、お力になれるかもしれません」

八十八がそう言い添えると、途端に倉吉は表情を緩めた。

「何なりとお訊き下さい」

嬉《うれ》しそうに言う倉吉を見て、胸が痛んだ。

もしかしたら、期待を持たせてしまったのかもしれない。とはいえ、今から言い換えることも憚られた。

「あの……お房さんの縁談が決まっていたということですが、ご本人は、それを納得していたのでしょうか？」

八十八は、慎重な口ぶりで訊ねた。

自分で考えた問いではない。浮雲に、そう訊ねるように言われたのだ。

これまでは、ただ訊ねるだけで、その意味が分からないことが多かったが、浮雲と行動を共にしてきて、八十八もそれなりに少しはその意図を察することができるようになってきた。

おそらく、浮雲がこんなことを訊ねたのは、伊助の言葉があったからだろう。伊助の話では、桝野屋は金銭的にかなり厳しい状態のようだった。

上州屋の倅との縁組で、その状況を打開しようとしたのではないか――つまり家のための結婚であると睨んでいるのだろう。

ただ、それが此度《こたび》の事件とどうかかわっているかまでは分からない。

「お房の縁談が、今回のことに関係あるのですか？」

倉吉が、眉根を寄せる。

「それは、まだ分かりませんが、もしかしたら、関係があるかもしれません」

八十八は、曖昧に答える。倉吉はしばらく迷った表情を見せたが、やがて口を開いた。

「納得していたと思いますが……」

「思うとは？」

「縁談が決まったとき、特に何も言わなかったので、承諾したものと思っておりましたが……」

「そうですか。縁談は、お相手の上州屋からの要望だったのですか？」

これも八十八の考えた問いではない。

「ええ。うちとしても、跡継ぎのことがありましたから、婿養子に入ってくれるということでしたし、悪い話ではないと――」

「お相手は、どんな人ですか？」

「生真面目で、実直な人です。少し頑固なところはありますが……まあ、八十八さんの父上のような方ですね」

「それは、相当な頑固者ですね」

八十八が苦笑いとともに言うと、倉吉も釣られて笑みを浮かべた。

といっても、本心からではなく、愛想《あいそ》笑いであることは、ありありと分かった。お房が死んで間もないのに、自然に笑えるはずもない。

「お房さんは、誰か想《おも》い人はいなかったのですか？」

八十八が訊ねると、倉吉は少し考える素振りを見せたあと、頭を振った。「もしいれば、縁談を嫌がったでしょう」と口にする。

確かにそうだ。もし、そういう相手がいれば、縁談に抵抗しただろう。

納得しかけた八十八だったが、お香の顔を見て眉を顰《ひそ》める。僅かに俯いたお香は、何かを知っているように見えた。

「お香さんは、何かご存じなんですか？」

八十八が訊ねると、お香ははっと顔を上げ、「いえ。何も……」と目を伏せた。

明らかに、何かを知っていそうだが、今ここで問い詰めたところで答えてはくれないだろう。

八十八は、「そうですか……」と呟いてから、ふうっと一つ息を吐いた。

次に投げかける問いのことを考えると、下っ腹がぎゅっと締め付けられるように痛んだ。

言いたくないというのが本音だが、黙っているわけにはいかない。

八十八は、覚悟を決め「実は――」と切り出した。

「お房さんは、誰かに殺されたと思われます」

八十八が言うなり、倉吉の表情が固まった。

お香も、目を剝《む》いて息を呑む。

それはそうだろう。八十八自身、浮雲からこのことを聞いたとき、お香と同じような顔をした。

「こ、殺された？」

倉吉が震える声で言った。

八十八は、その反応に少しばかり違和を覚えた。

元気だった娘が、突然に死んだのだ。倉吉は、そのことに、少しも疑念を抱かなかったのだろうか？

普通なら、おかしいと思うのではないか？

「はい。お話では、夕飯を食べたあとに、急に倒れたとのことでした。そうなると、何者かに毒を盛られた可能性があるのです」

八十八は、自らの胸の内にある違和を押し込め、一言一句《いちごんいっく》嚙み締めるように言った。

「なぜ、お房が殺されなければならないんですか？」

そう言った倉吉の目が、泳いでいた。

「その理由をお訊ねしたかったんです」

「お房は、優しい娘でした。誰かに殺されるなんて……」

「それは私も知っています。しかし、人は思わぬところで恨みを買ってしまったりするものです」

「お房が、誰かの恨みを買っていた――そう言いたいんですか？」

「いえ、そういうわけでは……」

「では、殺される理由なんてありませんよね」

「殺されるのは、恨みのためだけとは限りません」

「どういうことです？」

「たとえば、お房さんが生きていると都合が悪い人間がいたとか。もしかしたら、お房さんが死ぬことで、誰かが得をするとか――」

八十八が、そこまで言ったところで、倉吉が立ち上がった。

倉吉は、憤怒《ふんぬ》の表情で八十八を見下ろしている。

「帰ってくれ」

倉吉の声が、客間に響いた。

怒鳴ったわけではないが、震え上がるほど迫力のある声だった。

「いや、あの……」

「いいから、帰ってくれ」

それだけ言い残すと、倉吉はさっさと部屋を出て行ってしまった。

お香は、八十八を見て何かを言いたそうにしていたが、やがて倉吉を追うように立ち去った。

こうなっては、八十八に打つ手はない。

ゆらりと立ち上がり、ため息を吐いてから部屋を出た。

浮雲に指示された通りに問いを投げかけた結果として、倉吉の逆鱗《げきりん》に触れてしまった。

しかし、こうなることは、訊ねる前から分かっていたことだ。

それなのに、八十八自身、問いを投げかけることで、真相が明らかになるのではないかと興奮し、調子に乗っていたところがある。

――自業自得だ。

桝野屋を出るとき、番頭の伊助に声をかけられたが、返事をする気にはなれなかった。

外は、すっかり暗くなっていた。

八十八は、提灯《ちょうちん》も持たず、酔っ払いのような怪しい足取りで歩みを進めた。

何だか今回の一件は、一向に先が見えない。

これまでは、何が起きているのかまでは分からずとも、何を追いかけているのかは、朧気《おぼろげ》ながらも見えていたのだが、それがないのである。

倉吉と会うことで、それが明らかになるかと思ったが、余計に分からなくなってしまった。

そもそも、浮雲はなぜお房が殺された——などと告げさせたのだろう。これではまるで、倉吉を疑っているみたいではないか。

と、そこまで考えたところで、八十八ははたと足を止めた。

殺気のようなものを感じたからだ。

川沿いの道を、月の青い光が照らしている。

人気《ひとけ》はなく、風が水辺の草を揺らす音だけが、不気味に響いていた。

——気のせいか。

再び歩き出そうとしたところで、じゃりっと土を踏む音がした。

慌てて振り返ると、そこには一人の男が立っていた。

袴《はかま》姿で腰に刀を差している。浪人だろうか？　だが、それにしては少し様子がおかしい。口と鼻を隠すように黒い布で覆い、顔を分からないようにしていたのだ。

月影に照らされて、双眸がぎらりと光った気がした。

と、次の瞬間、浪人と思《おぼ》しき男が抜刀した。

「え？」

八十八が困惑しているうちに、その男は、上段に構えたかと思うと、地面を蹴る。

一気に距離を詰め、八十八に向かって、真っ向に斬りかかってきた。

逃げなくては――そう思ったのだが、恐怖で固まり、身体が思うように動かなかった。

「うわぁ」

悲鳴を上げて、目を固く閉じ、両手で頭を抱えてしゃがみ込んだ。

そんなことをして、自分の身体を守れるはずがない。分かってはいるが、そうすることしかできなかった。

「貴様！」

男の声が降って来た。

はっと顔を上げると、思わぬ光景が目に飛び込んで来た。

八十八に斬りかかった男の太刀《たち》と、木刀で切り結んでいる人の姿が見えた。

長い髪を後ろで束ねた、小柄な女だった。

「伊織さん」

八十八は、驚きとともにその名を呼んだ。

そうしている間にも、男は、力任せに刀を押し込んでくる。

武家の娘である伊織は、女だてらに剣術の鍛錬を積んでいて、並の者なら太刀打ちできないほどだ。

しかし、こうやって力押しされては、さすがの伊織も厳しいはずだ。

助太刀しようと、立ち上がった八十八だったが、伊織に「退《さ》がって下さい」と一喝された。

その声に気圧されるように、よたよたと後退《あとずさ》る。

伊織は、八十八が退がるのを見計らって、足を引いて半身《はんみ》になりながら、男の太刀をいなすように躱《かわ》す。

そのまま、流れるような動きで、男の手首を打ち付けた。

「がぁ！」

声を上げて、男が刀を取り落とす。

伊織は、その隙を逃さなかった。

大きく踏み込むと、男の胴を横一文字に薙《な》いだ。

男は、今度は悲鳴を上げることもできずに、膝から崩れるように倒れた。

まるで舞を見ているかのように、優雅で美しい立ち合いだった。

さすが伊織だ。自分などが加勢するまでもない——と感嘆すると同時に、自分が伊織の立ち合いの邪魔をしていたことに気付いた。

だから、あのとき、伊織は八十八に退がるように言ったのだ。助けられたばかりか、足手まといになるとは、何とも情けない。

「すみません。私のせいで……」

八十八は頭を下げる。

「なぜ、謝るのです？」

「いや、その……」

「それより、お怪我《けが》はありませんか？」

伊織が、訊ねてくる。

月影に照らされる伊織の顔は、いつもより一層、美しく見えた。

八十八は、何だか気恥ずかしくなり、思わず視線を逸《そ》らす。

「はい。お陰様で何ともありません」

「良かった」

伊織が、ふっと笑みを浮かべた。

さっきまで、大人びた美しさを持っていた伊織が、急に幼く見えた。その変化に、八十八の心臓が早鐘を打つ。

「どうしました？」

伊織が、八十八の顔を覗き込んできた。

なぜだか、顔が熱を持つ。

「いえ、何でもありません。それより、伊織さんはなぜここに？」

八十八は、心の内を悟られぬように、問いを投げかけた。伊織が、偶々《たまたま》ここを通りかかったというわけでもなさそうだ。

「浮雲さんに頼まれたんです」

「え？」

「八十八さんの護衛をするよう、浮雲さんから依頼されて、桝野屋の前からずっとつけさせて頂いていたんです」

「何と！」

まったく気付かなかった。

それにしても、なぜ浮雲は、そんなことを伊織に頼んだのだろう。まるで、八十八が襲われるのが、最初から分かっていたかのようだ。

それに、襲って来たこの男は、いったい何者だろう？

八十八の疑問に答えるように、男が腹を押さえながらゆらゆらと立ち上がった。

顔を隠していた布が、はらりと落ちる。

「あなたは……」

八十八は声を上げる。

まったく、見ず知らずの人物だった。

なぜ、そのような人物に、いきなり襲われなければならないのか？　それが分からなかった。

「くっ！」

男は苦い顔をしたあと、踵《きびす》を返して走り出した。

あとを追いかけようとした八十八だったが、伊織に腕を摑《つか》まれた。

「止めておきましょう。仲間がいるかもしれません」

まさに伊織の言う通りだ。

相手の素性も分からない中で、不用意に追いかけるべきではない。そもそも、追いかけたところで、八十八に何かできるわけではない。

「そうですね……」

「それより行きましょう」

伊織が促した。

「行くってどこにです？」

「浮雲さんが待っています――」

八

伊織と一緒に足を運んだのは、馴染みの居酒屋、丸熊《まるくま》だった。

「おう。八じゃねぇか」

店主の熊吉《くまきち》が声をかけてきた。

名前の通り、熊のような巨体で、いかつい顔つきをしているが、気のいい男で、八十八にとっては幼い頃によく遊んでもらった兄貴分だ。

「熊さん。お元気そうで」

「そういう堅苦しいのは抜きにしな。そんなことより、上で旦那が待ってるぜ」

熊吉はそう言って二階に目を遣《や》る。

「あ、はい」

八十八が、返事をしている間に、熊吉は客に呼ばれて小走りで立ち去った。

「行きましょう」

伊織に促され、八十八は二階に上がり、座敷の襖《ふすま》を開けた。

「来たな――」

八十八が部屋に入るなり、待ち構えていたように浮雲が言った。

いつも通り壁に寄りかかるように座り、小皿のなめろうを突《つつ》きながら、盃の酒をちびちびとやっている。

こっちは、大変な目に遭ったというのに、何とも呑気《のんき》な振る舞いの浮雲に腹が立った。

「ずいぶんと、悠長に構えていますね」

「阿呆が。おれは、こう見えても、色々と忙しいんだ」

浮雲が、口の端を吊《つ》り上げてにいっと笑った。

「そうは見えませんけど」

「機嫌が悪いな」

「悪くもなります」

「ほう。何をそんなに怒っている？」

「どういうつもりですか」

八十八は、浮雲の前に座ると、ずいっと詰め寄った。

「どうとは？」

浮雲は、気怠《けだる》げに言って盃の酒をぐいっと呑み干す。

「私は殺されかけたんです」

「今、生きてるんだから、いいじゃねぇか」

「よくもそんな……」

「お嬢ちゃんを、ちゃんと護衛に付けてやっただろ」

浮雲は、飄々《ひょうひょう》と言いながら瓢の酒を盃に注ぐ。

この反応からして、やはり浮雲は、八十八が襲われることを予《あらかじ》め知っていたのだろう。

「どういうことか、説明して下さい」

八十八がさらに詰め寄ると、浮雲はふうっと長い息を吐いた。

「まったく。小姑《こじゅうと》みてぇな野郎だな」

「小姑って……」

「ちゃんと説明してやるから、その前に、桝野屋の連中の反応がどうだったのか教えろ」

浮雲は、そう言って盃の酒をぐいっと呷《あお》った。

先に事情を説明してくれてもいいものを——文句はありながらも、八十八は倉吉との話の内容を、仔細《しさい》に話して聞かせた。

浮雲は、時折相槌《あいづち》を打ちながら、八十八の話に耳を傾けていた。

「だいたい見えてきたな」

八十八が全てを話し終えると、浮雲がぽつりと言った。

しかし、八十八の方は、何も見えていない。約束通り、事情を問い質《ただ》そうとしたが、それを浮雲が遮った。

「お嬢ちゃん。八を襲った男に、心当たりはあるか？」

浮雲が問うと、伊織が小さく頷いた。

八十八は「え？」と声を上げる。そんなこと、おくびにも出さなかったが、伊織は自分を襲った犯人を知っていたということか？

「おそらく、栗林《くりばやし》という浪人だったと思います。以前は、どこぞの武家に仕えていたようですが、素行不良で追い出されたようです」

伊織が、淡々とした口調で告げる。

「なぜ、伊織さんがそんなことを知っているんですか？」

八十八は、腰を浮かせるようにして訊ねた。

「栗林は、私がお世話になっている天然理心流《てんねんりしんりゅう》の門戸を叩《たた》いたことがあります。稽古がきつくて、三日と経たずに逃げ出してしまいましたが……」

「それで顔を知っていたんですね」

「ええ。布が取れるまでは分かりませんでしたけど……」

そういうことか――と今更のように納得する。

八十八を襲った者の素性は分かった。しかし、そうなると余計に、なぜ襲われたのかが分からない。

「それで……」

話を先に進めようとした八十八だったが、それを遮るように襖がすっと開き、一人の男が部屋に入って来た。

背が高く、端整な顔立ちに、薄い笑みを浮かべた男。土方歳三《ひじかたとしぞう》だ。

土方は、薬の行商人をやっている。そういった関係で、八十八の店にも度々顔を出している。

職業柄か、あちこちに顔が利く。八十八に浮雲を紹介したのも、誰あろう土方だ。

「土方さん。どうして、ここに？」

「いえね。例の如く、この男に厄介事を押しつけられたんですよ」

今は、穏和な笑みを浮かべてはいるが、土方は時折、凍《い》てつくような冷たい目をすることがある。

そればかりか、薬の行商人であるにもかかわらず、滅法《めっぽう》剣の腕が立つ。

悪い人ではないのだが、どこか得体の知れないところがある。

「それで歳三。どうだった？」

浮雲が訊ねる。

「二人とも、あなたの企《たくら》みに協力すると言ってくれましたよ」

土方が言う。

——企みとは、いったい何のことだ？

八十八の疑問を知ってか知らずか、浮雲はいかにも嬉しそうに、にいっと笑ってみせた。

「何をしようとしているんですか？」

八十八が堪《たま》らず口にすると、浮雲はすっと立ち上がった。

浮雲の緋色の双眸に見下ろされ、八十八は思わず息を呑んだ。

その赤い色は、美しくはあるのだが、時として、何ともいえない冷たい光を宿すことがある。今がそれだ——。

「憑きものを落としに行くぞ」

浮雲が、声高らかに言った。

九

八十八は、伊織と一緒に大円寺の山門を潜った——。

結局、あのあと、浮雲は何も説明してはくれなかった。代わりに、桝野屋に足を運び、倉吉とお香を連れてくるようにと指示してきた。

夜も遅い時間だった上に、夕方の一件もあり、最初は断わられたのだが、八十八が告げた一言で態度が一変した。

「お房さんを、生き返らせることができます——」

もちろん八十八の意思で言ったわけではない。浮雲に、そう言うように指示されたのだ。

ちらりと振り返ると、倉吉とお香が黙ってついて来ている。

正直、八十八には解《げ》せなかった。

お房を生き返らせることはできない――そう言ったのはほかでもない、浮雲自身だ。

それなのに、それとはまったく逆のことを告げて、倉吉とお香を連れ出すとは、何だか騙《だま》しているようで気が重い。

とはいえ、動き出してしまった以上、どうすることもできない。浮雲を信じて、成り行きを見守るしかない。

八十八は、ため息を吐いてから大円寺の本堂に入った。

蠟燭《ろうそく》の薄明かりの中、本堂の中央に座っている男の姿が見えた。

浮雲かと思ったが違った。

大円寺の僧侶である、道覚だった。

「あの……」

八十八が口にすると、道覚は小さく頷き「お話は伺っています。どうぞ――」と、座るように促した。

八十八は、伊織と顔を見合わせてから、腰を落ち着ける。

倉吉とお香も、戸惑いながらも座った。

道覚は何も語らず、本堂の隅にある蠟燭の一つを見つめている。何とも、哀《かな》しげな目であった。

静かだった――。

遠くで鈴虫の音色だけが、微かに響いていた。

「お房は――本当に、生き返るんでしょうな」

倉吉が、沈黙に耐えかねたように言った。

「あっ、いや、その……」

八十八は、慌てて声を発したものの、その先が続かなかった。

浮雲が、この場所に倉吉とお香を呼び寄せて、何をしようとしているのか、まるで報《しら》されていないのだ。

そもそも、今回の事件がどういう類のものだったかも摑めていない。

「お房が生き返るというから、ここまで来たのに、何も起きないではないか――」

倉吉が焦《じ》れたように言いながら腰を浮かせた。

「そう焦るな」

薄暗がりの中に、声が響いた。

――来た。

この声は、間違いなく浮雲のものだ。

――でもどこに？

八十八は、辺りをしきりに見回す。が、その姿を見つけることはできなかった。

「浮雲さん。どこにいるんですか？」

八十八が声を上げると、びゅっと風が吹き込んで来た。

振り返ると、本堂の扉が開き、月影を背負うようにして、浮雲が立っていた。

両眼を赤い布で隠し、金剛杖を肩に担いでいる。着流している白い着物が、月の青い光を受け、わずかに発光しているようだった。

「騒ぐな。阿呆が――」

浮雲は、墨で描かれた眼で八十八を一瞥《いちべつ》すると、真っ直ぐ本堂に歩み入った。

ご本尊である大日如来《だいにちにょらい》像の前まで来たところで足を止めると、くるりと身体の向きを変え、じっくりと時間をかけて、本堂にいる面々を見回した。

倉吉が、何かを言おうと口を開きかけたが、それを遮るように、金剛杖でトンッと床を突く。

本堂に、再び静寂が訪れる。

ほとんど言葉を発していないにもかかわらず、その立ち居振る舞いと、独特の存在感で、本堂の中の空気を掌握してしまった。

「始めようか」

浮雲が、口許にうっすら笑みを浮かべる。

「いったい何を始めるのです？」

八十八が問うと、浮雲は再び金剛杖で床を突く。

「決まっているだろう。憑きものを落とすのさ」

浮雲が声高らかに言う。

「待て！　何を言っている！　お房が生き返るというから、ここまで来たんだぞ！」

倉吉がすぐさま立ち上がり、浮雲に詰め寄る。

浮雲は面倒臭そうに舌打ちをすると、墨で描かれた眼で、倉吉を睨《ね》め付ける。

「何も分かってねぇな」

「え？」

「生き返らせるためには、お前の家に巣くっている憑きものを、落とす必要があると言っているんだ」

「私の家の憑きもの？」

倉吉が、困惑気味に問う。

「そうだ。お前の家の憑きものを落とさん限り、お房を生き返らせることはできん」

浮雲の声が、本堂に響き渡った。

「それは、いったいどういう意味です？」

八十八が問うと、浮雲はにいっと笑みを浮かべてみせる。

「見ていれば分かる」

「いや、しかし……」

浮雲が金剛杖で床を突き、八十八の言葉を遮った。

十

「さて——まずは、お房がなぜ死んだかをはっきりさせておく必要がある」

浮雲は、墨で描かれた眼で、改めてその場にいる者たちを、品定めするように見回した。

放たれる独特の空気は、さながら浮雲が張った結界のようだった。

八十八と伊織はこの光景に慣れている。

しかし、他の者はそうではない。倉吉は、表情を引き攣《つ》らせる。お香は、握り合わせた手を胸に当て、がたがたと震えていた。

道覚は、まるで何も聞こえていないかのように、じっと座っている。

「お房は——」

浮雲は、たっぷり間を置いてから語り始めた。

「死んだ日の昼まで、何ら変わらぬ様子だった。そうだな――」

墨で描かれた眼が倉吉を捕らえる。

「ええ」

掠れた声で倉吉が答えた。

「それなのに、死んだ。なぜだと思う?」

今度は、お香に墨で描かれた眼が向けられる。

「私には……」

お香の声は途切れたが、その先に続く言葉は容易に想像がつく。分かりません――そう言いたかったのだろう。

「お房は殺されたんだ」

浮雲の放った言葉が、本堂に響く。

幾重《いくえ》にもなって反響した音は、衝撃となって心を揺さぶる。

「殺されたとは、どういうことですか?」

お香が、思わず腰を浮かせる。

「言葉のままだ」

浮雲は当然のように言う。

「しかし、お嬢様に傷のようなものはありませんでした」

お香が食い下がるように言う。

「八から聞かなかったか？　お房は、毒を盛られたのさ――」

「まだ、本気でそんなことを言っているのか？」

倉吉が、こぼれんばかりに目を剝いて声を上げる。

「そうです。お嬢様が殺されたなんて……」

お香が、震える声で続く。

「何を証拠に、毒殺だと言っているのですか？」

質問を投げたのは、伊織だった。

ここにいる者たちの中で、たった一人、冷静さを保っているのは、伊織なのかもしれない。

「そうです。何か証拠はあるのですか？」

お香が同調の声を上げると、浮雲はまた小さく笑った。

こういう反応になることは、最初から織り込み済みといったところだろう。

「藪医者！　お前の出番だ！」

浮雲が声を張ると、本堂の扉が開き、一人の男が入って来た。

診療所の医師、小石川宗典だった。

小石川は、肩をすぼめてするすると歩みを進め、浮雲の隣に立った。

若くして医師になった聡明《そうめい》な人物ではあるが、とある一件で、浮雲に弱みを握られることとなり、それ以来、浮雲の前ではどうもおっかなびっくりになっている。

「お房の死因は何だ？」

浮雲が小石川に問う。

「麻痺《まひ》によるものだと思われます」

小石川が、掠れた声で答える。

「もっと詳しく！」

浮雲に一喝され、小石川はびくっと肩を震わせる。諦めたように、小さくため息を吐いてから話を続ける。

「お房さんが運び込まれたとき、嘔吐《おうと》、言語のもつれ、呼吸困難などの症状がみられました。私の所見では、何らかの毒物を摂取したのではないかと――」

小石川が、淡々とした口調で告げた。

本堂の中に、驚きの輪が広がる。

「そ、そんなこと、一言も言ってなかったではないか！」

しばらくの沈黙のあと、声を上げたのは倉吉だった。その声には、怒りが満ちていた。

もし、小石川がそのことを、倉吉に告げていなかったのだとすると、こういう反応になる理由も頷ける。

「いや、その……」

「どういうことだ？　なぜ、言わなかった！」

倉吉が立ち上がり、小石川に詰め寄る。

「騒ぐな！」

浮雲が、倉吉をどんと突き飛ばした。

尻餅をついた倉吉は、半ば呆然としながら浮雲を見上げる。

「桝野屋の方《かた》には、ちゃんとお伝えしました。奉行所に、申し出た方がいいとも。しかし……」

そこまで言って、小石川は視線を足許に落とした。

先は言わなくても分かる。おそらく、娘の死に憔悴しきっていた倉吉は、聞いていなかったのだろう。いや、正確には、聞いてはいたが、頭に入っていなかった。

「そんな……私は……」

倉吉が、信じられないという様子で、頭を抱えている。

待てよ――。

八十八は、ここに来て別の可能性に思い至った。

もし、小石川の話を聞いていたにもかかわらず、敢えて黙っていたとしたら、お房を殺したのは、倉吉ということになる。

何か証拠があるわけではない。だが、そう考えると、夕方の一件との辻褄《つじつま》が合うような気がする。

「さて――」

浮雲は、ここで仕切り直しをするように、金剛杖で床を打った。

「問題は誰がお房を殺したのか――だ」

浮雲が、もう一度、墨で描かれた眼でそこにいる者たちを睨め回す。

お房を生き返らせると言いながら、今はお房殺しの犯人捜しをしている。目的がすり替わってしまっているが、もはやそのことに異論を唱える者はいなかった。

「いったい、誰が殺したのですか？」

沈黙に耐えきれず、八十八は身を乗り出すようにして訊ねた。

「まだ、分からんか？」

浮雲が問い返してくる。

「分かりません」

八十八は、大きく首を左右に振った。

いや、本当は目星をつけている。お房を殺したのは、おそらくは――。

「お房を殺した犯人は、ここにいる」

浮雲が、宣言するように言った。

十一

「私ではありません！」

「なっ、何を言ってるんだ！　お房が殺されたなんて……」

お香と倉吉が、口々に叫ぶ。

そんな中、道覚は何も言わずに、ただじっと座っている。まるで、石像にでもなってしまったかのように、ぴくりとも動かない。

その様が何とも不自然で、かつ異様に見えた。

もしかしたら道覚が――。

そう思った矢先、浮雲がドンッと金剛杖で床を突いた。

「いい加減、姿を現わしたらどうだ？」

浮雲は、そう言って本堂の扉に目を向けた。

そこには――誰もいない。

「いったい何を……」

八十八は、浮雲に目を向ける。

浮雲は、口許に余裕の笑みを浮かべると、金剛杖を肩に担いだ。

「もう一度言う。さっさと出て来い。そこにいるのは、分かっているんだ」

浮雲が扉に向かって告げる。

本堂の中が、静寂に包まれる。が、しかし、しばらくして扉がゆっくりと開いた。

そこには、一人の男が立っていた。

「伊助さん――」

八十八が名を呼ぶと、伊助は暗い目で見返してきた。

――なぜ伊助がここに？

伊助は、呼んでいないはずだ。浮雲に呼ぶように言われなかったからだ。それなのに、
浮雲は伊助がここにいることを、最初から知っていたかのような口ぶりだ。

何が何だか分からなくなってくる。

浮雲は、八十八の疑問を余所に、真っ直ぐ伊助に歩み寄っていく。

「お前が、お房を殺したんだろ」

伊助を真っ直ぐに見据えながら、浮雲が言った。

「え？」

八十八は、驚きの声とともに立ち上がった。

「伊助が、お房を殺したとは、いったいどういうことだ？」

倉吉が苛立《いらだ》ちの混じった声で問う。お香は、言葉すら出ないらしく、ただ口をあんぐ

りと開けている。

当の伊助は、倉吉やお香には目もくれず、睨むような視線を浮雲に向ける。

「どうして、私が殺したと決めつけるんですか？」

伊助が、低い声で言った。

「お房が毒を盛られたことは、そこの藪医者に聞いて分かった。藪医者は、そのことを桝野屋の人間、つまりお前に話したんだ」

「なっ！」

八十八は、思わず声を上げた。

そうか。さっき小石川は、「桝野屋の方には、ちゃんとお伝えしました」と言っていた。八十八は、勝手に倉吉だと思っていたが、伝えたのは、番頭である伊助だったというわけだ。

「しかし、倉吉は毒殺のことは、まるで知らなかった。つまり、お前が藪医者の話を握り潰したんだ」

浮雲がそう続けた。

「言いそびれただけです。まさか、それだけで、私が殺したなんて言うわけじゃありませんよね」

伊助が目を細めて言う。

「つまらん方便だな。まあいい。理由は他にもある。藪医者の見立てでは、お房が毒を盛られたのは間違いない。お房が死んだことで、一番得をするのは誰かを考えた」

浮雲が、淡々とした口調で言う。

「それが私だと？」

「お前は、桝野屋が欲しかったんだろ。跡継ぎの息子がいないから、やがては自分のものになると思っていた。ところが、お房に婿を取る話が持ち上がった――」

「何を言っているんです。それだったら、お房に別に殺さなくても……」

「それだけだったなら、そうだろうな」

浮雲が、墨で描かれた眼で、ギロリと伊助を睨んだ。

「他にも理由があった――と？」

「ああ。お前は、桝野屋の金を使い込んでいた。倉吉は、帳簿に関しては、お前を信用して任せていたから、気付いていなかったがな」

浮雲が告げると、倉吉が「え？」と驚いた表情を浮かべる。

「私が金を？」

「そうだ。悪いが、お前のところの帳簿を、調べさせてもらった」

浮雲はそう言うと、懐から紙の束を取り出し、床の上に放り投げた。

「いつの間に……」

伊助が、床に散らばる紙に視線を落としながら訊ねる。

「夕方に八が話しに行っただろ。あのときだよ」

浮雲が平然と告げる。

「ちょっと待って下さい。あのとき、伊助さんは帳場にいたはずです」

八十八は、慌てて声を上げる。

「違うな」

浮雲は小さく首を振った。

「違う？」

「そうだ。夕方、八が話しに行ったとき、その内容が気になった伊助は、帳場を離れてお前たちの会話を盗み聞きしていたんだ。その隙に、頂いてきたというわけだ」

「何と……」

八十八は、唖然《あぜん》とした。

あのとき伊助が盗み聞きしていたなど、全然気付かなかった。そればかりか、浮雲が八十八を桝野屋に行かせたのは、帳簿を盗み出すためだったなどとは、思いもよらなかった。

「ついでに言えば、八の会話を聞いた伊助は、自分のやったことが明るみに出ることを恐れ、お前を亡き者にしようとした」

「それで——」

桝野屋の帰りに襲われたのか。八十八は今更のように納得した。

「伊助が桝野屋の金を使い込んでいたことに、気付いた人物がいる。それが——」

ここまで聞けば、八十八にも分かる。

「お房さんだった」

八十八の言葉に、浮雲が大きく頷いた。

「そうだ。帳簿を見たお房は、金の流れがおかしいことに気付き、そのことを伊助に訊ねたんだ。おそらく、伊助自身が金を使い込んでいるとは、思ってもみなかったのだろうよ」

「お金を使い込んだのがばれたくらいで、何も殺さなくても……」

八十八には、それが分からなかった。

「使い込んだ先が、問題だったんだよ」

「使い込んだ先？」

「そうだ。女や博打《ばくち》だったら、酷く叱責《しっせき》を受けるか、追い出されるか、まあ、そんなところだろうよ。だが——」

浮雲は、ここで一度言葉を切った。

「何です？」

「伊助は、倒幕派の過激な浪人連中に金を貢いでいたんだよ」

浮雲の言葉を聞き、これまで伊助について回っていた噂を思い出した。

人懐こく、方々に顔の利く伊助は、町人だけではなく、武士とも仲が良かった。その武士というのが、過激な思想をもった連中だったということか──。

「一緒に呑みに行くうちに、連中の熱意にほだされ、店の金を使い込んで支援するようになったんだろうよ」

そう言って、浮雲は小さくため息を吐いた。

昨今、倒幕派の過激な思想をもつ者たちは、要人の暗殺などを計画していると聞く。もし、そんな連中を支援していたと知れれば、伊助もただでは済まない。

だから、色々とばれる前に、お房を殺した──。

伊助に目を向ける。

その悪事が、明らかになったにもかかわらず、怯《おび》えるでも恐れるでもなく、ただそこに立って俯いている。

いや、口許には笑みすら浮かべている。

「そんなに分かっているのですか。ならば、本意ではありませんが、あなたたちには──」

言葉を区切り、伊助は顔を上げた。

その目は、どこまでも暗かった。何かに憑かれているように見える。きっと、浮雲が落とそうとしていた憑きものは、この伊助にこそあったのだろう。

「死んでもらう」

伊助がそう言うのに合わせて、本堂の中にどたどたと六人の男たちが入って来た。

みな袴姿で、腰に刀を差している。

その中の一人に、八十八は見覚えがあった。桝野屋の帰りに、八十八を襲った栗林という男だ。

この男たちは、おそらくは伊助が支援していた、過激な思想を持つ浪人たちだろう。

男たちは、一斉に刀を抜く。

倉吉とお香は、おののきながら後退るが、浮雲は平然と男たちを見据えている。

「八十八さん。退がって下さい」

着物の袖を引っ張られた。

伊織だった。木刀を手に、男たちと対峙《たいじ》しようとしている。

確かに、桝野屋の帰り道では、伊織が圧倒したが、それは相手が一人であったからだ。

六人もいるとなると、さすがに分《ぶ》が悪い。

そう思った矢先、男の一人が「ぎゃっ！」と悲鳴を上げたかと思うと、前のめりに倒れた。

——いったい何が？

見ると、いつの間にか、そこには木刀を持った土方が立っていた。

「後ろから斬りつけるとは、卑怯者《ひきようもの》が！　貴様、それでも武士か！」

男の一人が叫んだ。

「後ろを取られているのに、気付かない方が悪い。だいたい、刀を持って町人を囲んでおいて、卑怯とはよく言ったものですね」

土方は、薄《うつす》らと笑みを浮かべたまま、飄々と言い放つ。

男たちは、図星を指されたからか「ぐぬぅぅ」と唸《うな》り声を上げる。

「ついでに言えば、私は武士ではありません」

「何？」

「しがない薬売りですよ——」

言い終わるや否《いな》や土方が動いた。

電光石火の突きが、近くにいた男の顎を打ち抜く。

そのまま、身体を反転させ、もう一人の男の胴を薙いだ。それでも土方の木刀は止まらず、残る一人の男を袈裟懸《けさが》けに打ち付けた。

三人の男たちは、間を置かずにばたばたと床の上に倒れ込んだ。

「さて、次はどなたですか？」

土方は、余裕の笑みを浮かべたまま問う。

残された二人の浪人は、お互いに顔を見合わせ、おろおろしている。

「どうしました？　武士は、偉そうにしている癖に、薬売り相手に、逃げ出すのですか？」

愚かにも、土方の挑発に一人の男が動いた。

「やあ！」

正眼《せいがん》の構えから、土方に向かって突きを繰り出す。

しかし、土方の突きとは比べものにならないほど遅かった。あんなものが、土方に当たるはずがない。

案の定、土方は突きが到達する前に、木刀で男の手首を撥《は》ね上げた。

腕の骨が折れる音が響き、男の手から刀が滑り落ちる。

「痛《いて》ぇよぉ」

男は、不自然に曲がった腕を抱えるようにして、蹲《うずくま》ってしまった。

「残るは、あなた一人ですね」

土方の鋭い視線が、最後の一人に向けられる。

男は「ぐぅ」と唸ったあと、覚悟を決めたのか、上段に刀を構えた。

「ほう。逃げないのですか」

土方が目を細める。

「薬屋風情《ふぜい》相手に、逃げたとあっては末代までの恥――」

男は、言い終わるなり、真っ向に斬りつけてきた。

土方は、その渾身《こんしん》の斬撃を、体捌《たいさば》きで躱し、首筋に一太刀浴びせた。

男はぐらりと揺れたかと思うと、そのまま前のめりに倒れた。

目の前で繰り広げられたあまりの光景に、伊織は呆然としていた。

土方が強いことは知っていたが、六人もの浪人を相手に、ここまで圧倒してしまうとは――。

八十八は、驚きを通り越して、恐怖すら覚えた。

「ひっ、ひぃぃ！」

伊助が、悲鳴を上げながら逃げ出そうとする。

それに素早く反応したのは浮雲だった。

金剛杖を振るい、伊助の足を引っかけて転ばせると、そのまま頭を踏みつけた。

伊助は「ぎゃっ」と尻尾《しっぽ》を踏まれた猫のような声を上げると、それきり動かなくなった。

十二

「さて、これで一通り片付いた――」

浮雲は、ため息混じりに言うと、あぐらをかいて座り、瓢の酒を盃に注ぎ、ぐいっと一杯やる。

「ちょっと待って下さい。何が、どうなってるんですか？」

八十八が詰め寄ると、浮雲はいかにも嫌そうな顔をした。

「まだ、分からねぇか？」

「分かりません」

いや、正確には、伊助がお房を殺したことと、その理由は分かった。問題は、浮雲がなぜそれを知り、どうしてこのような場を設けたか――だ。

「相変わらずの阿呆だな」

「何とでも言って下さい。なぜ、伊助さんがお房さんを殺したと分かったんですか？」

「さっきも言っただろ。お房が死んで、一番得をするのは誰か？　それを考えれば、誰だって伊助に行き着く」

そう言われると、困ってしまう。

残念ながら、八十八は浮雲が口にするまで、夢にも思わなかったのだ。

「伊助さんたちは、なぜここに？」

「罠《わな》を仕掛けたからに決まっているだろ」

「罠？」

「そうだ。お房が生き返るという話をすれば、伊助は黙って見過ごせなくなる」

「だから、私に倉吉さんとお香さんを連れて来るように言ったんですか？」

「そうだ」

浮雲は、悪びれる様子もない。

それはつまり、八十八たちを、獲物を誘《おび》き寄せる餌に使ったということだ。おそらく、今回のことに限らずだろう。

夕方、桝野屋に行ったときも、八十八に敢えてああいうことを言わせて、伊助が八十八を襲うように仕向けた。

そうやって、敵を炙《あぶ》り出したということだ。

「酷いです。私を囮《おとり》に使うなんて……」

「どうなっても知らんぞ——そう言ったはずだぞ」

確かに、それは聞いた。だが、その結果、命を狙われることになるなど、考えもしていなかった。

八十八が、そのことを言い募ると、浮雲はふんっと鼻を鳴らして笑った。

「ちゃんと護衛をつけてやったんだ。文句を言うな」

護衛とは伊織のことだ。言わんとしていることは分かるが、何とも釈然としない。

「でも……」

八十八の言葉を遮るように、倉吉が立ち上がった。

「つまり、此度のことは伊助の悪事を暴くためであって、お房は戻らんのですね」

そう言った倉吉の姿は、見ていて痛々しくなるくらいに憔悴していた。

一縷の望みを託していた倉吉は、それを打ち砕かれたのだ。それは、ただ失うことよりも、辛《つら》いことであっただろう。

「誰がそんなことを言った？」

浮雲が、瓢の酒を盃に注ぎながら言う。

「え？」

「もう、出て来ていいぞ――」

浮雲が告げると、本堂の奥の闇の中から、何かがすっと歩み出た。

それは、女だった――。

「お房さん」

八十八は、驚きとともに口にする。

倉吉は、驚愕《きょうがく》の表情を浮かべながら、よたよたとお房に歩み寄る。

「お父《とっ》さん――」

お房が、掠れた声で言った。

それが合図であったかのように、倉吉は強くお房を抱き締めた。

「これは、いったいどういうことです？」

八十八が訊ねると、浮雲は盃の酒をぐいっと呑み干す。

「分からんか？」

「分かりません」

八十八が強く言うと、浮雲は小さくため息を吐いた。

「お房は、伊助に盛られた毒で死んだ」

「で、でも……」

――今、目の前にお房はいる。

「棺桶の中で、息を吹き返したのさ」

「そんなことがあるのですか？」

「あります」

八十八の問いに答えたのは、小石川だった。

「河豚《ふぐ》のような毒の場合、ごくまれに、息を吹き返すことがあるんです」

――そうなのか。

医師である小石川が言うのだから、そういうこともあるのだろう。納得しかけた八十八だったが、引っかかることがあった。

「でも、お房さんは埋葬されたんですよね？」

「そうだ」

浮雲が答える。

「じゃあ……」

「墓を掘り返したところ、棺桶の蓋に爪で引っ掻いた跡があったって話は、聞いたことがあるか？」

浮雲の言うような話は、確かに耳にしたことがある。

怪談話の一種かと思っていたが、今の口ぶりでは、死んだと思われた人が、埋葬されたあとに息を吹き返したということだろう。

それは分かるが、それと同じだとしたら――。

「お房さんは、棺桶の中で死んでしまうのではないですか？」

「それを、掘り返した男がいたんだ」

浮雲はそう言って、未《いま》だ座している道覚に顔を向けた。

道覚は、何も答えない。

　ただ、抱き合っているお房と倉吉を見つめている。

「つまり、道覚さんが、お房さんの命を救った――というわけですね」

「そうだ」

「なぜ、すぐにそれを言わなかったんですか?」

「お房が、毒を盛られて殺されたからだ。しかも、お房は、自分を殺したのが誰なのか、見当がついていなかった」

　浮雲のその説明で納得した。

「なるほど」

　のこのこと戻ったら、お房はまた殺されてしまうかもしれない。おまけに、犯人は家の中にいるが、誰か分からないのだ。おいそれとは戻れない。

「そこで、道覚がお房をかくまった。お房は、家の他の者に害が及ぶことを恐れ、幽霊のふりをして、父親の枕辺に立ち、逃げるように促した――というわけだ」

　そうか。それが、事件の真相だったのか――納得すると同時に、別の疑問が浮かんできた。

「浮雲さんは、いつからそのことに気付いていたんですか?」

「最初に、この寺に来たときだ」

　しれっと浮雲が言う。

「え？」

「道覚は、寺に一人だと言っていたが、明らかに別の人間の気配があった。おまけに、道覚からは、微かにではあるが、女の匂いがした。受け答えも不自然だったし、まあ、こんなところだろうと当たりはつけていた」

──なぜ、それをもっと早く言ってくれなかったんですか！

文句を言いたい気持ちはあったが、口にすることはなかった。浮雲が黙っていたのは、状況が分からない中で、お房が生きていることを触れ回ることはできないからだろう。

「さて──お前はどうする？」

浮雲がぽつりと言った。

「どうするとは？」

八十八が訊ねると、浮雲は「お前じゃねぇよ」と首を振る。

浮雲の目は、真っ直ぐ道覚に向けられている。

「私は……」

道覚が掠れた声で言う。

「何も躊躇《ためら》うことじゃねぇ。あの娘に惚れてるなら、坊主という立場なんぞに縛られるな。御仏《みほとけ》に経を唱えても、お前の恋心は届かねぇぜ」

浮雲は、道覚に向かって言う。

しばらく放心していた道覚だが、やがてゆらゆらと立ち上がり、お房たちの方に向かって歩いて行った。

お房が、道覚に気付き、彼にすがるように抱きついた。

「これはいったい……」

八十八が声を上げると、浮雲は小さく首を振る。

「どうもこうもねぇよ。道覚とお房は、好き合った者同士だ」

「え？」

「別に驚くこっちゃねぇだろ」

「し、しかし……」

「偶々、道覚がお房の墓を掘り返したとでも、思ってんのか？」

「それは……」

そう言われると、言葉に詰まる。

「道覚は、お房に惚れていた。だが、それを隠して葬儀を執り行い、埋葬したんだ。皆がいなくなったあと、もう一度だけお房の顔を見たいと、掘り返したんだよ」

「そうだったんですか……」

「ある意味、お房を現世に蘇《よみがえ》らせたのは、道覚の恋心ってわけだ。もしかしたら、御仏のお導きかもしれんがな……」

浮雲は、いかにも楽しそうに言ってから立ち上がった。

「そうですね」

「お前も、こんなことにも気付けないようだと、逃げられちまうぜ」

浮雲が八十八の髪をぐしゃぐしゃとかき回した。

それを見て、伊織が微かに笑っていた——。

その後

八十八は、浮雲の根城である神社の社に足を運んだ——。

社の格子戸を開けると、浮雲が壁に寄りかかるように座っていた。盃を片手に、昼間から酒を呑んでいたらしい。

だらしないこと、この上ない振る舞いなのだが、神社の社の中ということもあってか、まるで浮雲がご神体のように見えてしまう。

「何だ。八か——」

浮雲は、赤い双眸で一瞥しながら言うと、退屈そうに大あくびをした。

「何だ——ではありませんよ。せっかく、謝礼を持って来たというのに」

桝野屋の倉吉から、浮雲に謝礼を渡すように頼まれ、こうして浮雲の許にやって来たのだ。

「寄越せ」

浮雲は、八十八の持っていた巾着をひったくると、すぐに中身を確認して、にやにやと満足そうな笑みを浮かべている。

本当に勝手な人だ。

八十八は、ため息を吐きながら、浮雲の前に座った。

「実は、一つ訊きたいことがあったんです」

そう切り出すと、浮雲が嫌そうな表情を浮かべながらも顔を上げた。

「何だ？」

「今回の一件なんですが、どうも引っかかることがあります」

「だから何だ？」

「結局、幽霊はいなかったんですか？」

「ああ」

浮雲は、気怠げに答えると、ごろんと横になった。

「何だか拍子抜けしました」

「お前は、何も分かっちゃいねぇ」

「何がです？」

「幽霊なんかより、人間の方が、よっぽど恐ろしいんだよ」

「そうかもしれませんね」

八十八は、小さく息を吐きながら答えた。

常に幽霊が見える浮雲の言葉だからこそ、ずしりと八十八の胸に響いた。

「それで、結局、道覚はどうなったんだ？」

今度は浮雲が訊ねてきた。

何だかんだ言いながら、道覚とお房の行く末を気にしているらしい。

「お房さんの縁談はなくなりました。ですが、道覚さんは、まだ決めかねているようです」

心情としては、寺を捨て、お房と一緒になりたいのだろうが、そう簡単にはいかない。

道覚が帰依している真言宗《しんごんしゅう》は、僧侶が妻帯することを禁じている。もし、お房と一緒になりたいのであれば、これまでの全てを捨てなければならないのだ。

「下らん」

浮雲が、横になったまま吐き捨てるように言う。

「何がです？」

「縛られることが――だよ」

「惚れた腫れただけでは、どうにもなりませんよ」

「だから、それが下らんと言ったんだよ。お前も身分に縛られていると、大切なものを失《な》くすぞ」

浮雲が呟くように言った。

八十八の頭に、ふと伊織の顔が浮かんだ。

「で、今回は絵は描かなかったのか？」

間を置いてから、浮雲が訊ねてきた。

「あっ、そうでした」

八十八は気を取り直して、描いてきた絵を、床の上に広げた。

法衣を纏った道覚が、お房と寄り添う姿を描いた。やがては、寺を捨てずとも、想い人と穏やかな生活ができる――そんな日が来ることを願って描いた。

浮雲は、寝転んだまましげしげと絵を見つめたあと、「まだまだだな――」と呟くように言った。

地蔵の理

UKIKUMO
SHINREI-KI-TAN
BOSATSU NO KOTOWARI

序

——首なし地蔵で、首なし死体が出た。

冗談みたいな報《しら》せを受け、林太郎《りんたろう》は件《くだん》の地蔵に足を運んだ。

既に夕刻を過ぎ、辺りは暗くなり始めていた。

首なし地蔵のことは、以前から知っていた。村で唯一の旅籠《はたご》を、少し行ったところの街道沿いにある地蔵だ。

首なし地蔵と呼ばれるようになった所以《ゆえん》は、六体並んだ地蔵のうち、向かって右端の一体だけ頭がないからだ。

いつから、頭がなかったのか、誰も知らない。気付いたときには、もうなかった。いや、最初からなかったのかもしれない。

とにかく、不気味な地蔵で、とても拝んだり、供え物をしたりする気にならない。

地蔵が見えて来たところで、手招きをしながら声を上げる男の姿が見えた。

林太郎と同じ、八王子千人同心《はちおうじせんにんどうしん》の一人、喜一郎《きいちろう》だった。

八王子千人同心は、郷士《ごうし》の集団で、江戸でいうところの、岡っ引きのような任務も負っている。

「林太郎さん。こっちです」

林太郎は、喜一郎の許《もと》に駆け寄った。

喜一郎の他に人の姿はない。野次馬もいたのかもしれないが、暗くなり始めたこともあって引き揚げたのだろう。

「これが仏さんです」

喜一郎が、足許を指差した。

それを見た林太郎は、思わずぎょっとなった。

奇妙な光景だった。

男が一人、首のない地蔵に寄りかかるようにして座っていた。着物は身につけておらず、褌《ふんどし》一丁の姿だった。

そして――。

首から上がなくなっていた。

乾いた赤黒い血が、胸の辺りまで染め上げている。赤いよだれ掛けをしているようにも見える。

「こいつは、酷《ひど》いな……」

林太郎は胃の中から込み上げて来た酸っぱいものを、ごくりと飲み込みながら言った。

「ええ。荷物も全部なくなっています。まあ、山賊の仕業《しわざ》でしょうな」

喜一郎が、しみじみと言った。

しかし、林太郎は素直に頷《うなず》くことができなかった。

この辺りは、確かに山賊が多いし、身ぐるみを剝いだ上に、斬り殺すという話を耳にしないでもない。

だが――。

「頭はどこにいったんだ？」

林太郎が問うと、喜一郎は「さあ？」と首を傾《かし》げた。

金目当ての山賊なら、わざわざ首を切って持ち帰るなんて面倒なことはしないはずだ。

「どこか、その辺に落ちているかもしれませんよ」

喜一郎が冗談めかして言った。

が、林太郎は笑うことができなかった。薄暗くなっているとはいえ、いくら見回しても、それらしき物は見当たらない。

「殺されたのは、誰なんだ？」

林太郎は、別の問いかけをしてみた。

「それが――分からんのです」

「分からない？」

「ええ。村の連中に訊《き》いてみたんですけどね、いなくなった者はいないようですし、誰も心当たりがないって」

林太郎は「うむ……」と唸《うな》った。

ここは江戸ではない。狭い村だ。もし、殺されたのが村の人間なら、すぐに知れ渡るはずだ。

「旅人ってことか……」

林太郎は顎をさすりながら呟《つぶや》く。

「まあ、そうでしょうね」

喜一郎が、同意を示したところで、ふと背中に突き刺さるような視線を感じた。

慌てて振り返ると、すぐ近くに一人の女が立っていた。

年齢《とし》の頃は、三十くらいだろうか？　ざんばらのぼさぼさ髪に、今にも臭《にお》ってきそうな、着古した着物姿だ。

背中を丸め、上目遣いに、じっとこちらを見ている。

「何だ……？」

林太郎は、女のぎらついた視線に気圧《けお》されながら呟く。

「お冨《とみ》って女です」

「知っているのか？」

「ええ。私は、この村の出ですから」

「ああ」

そういえば、そうだった。

「お冨は、何年か前に子どもを亡くしましてね……何でも、ある日、突然姿を消したらしいんです」

「見つからず仕舞《じま》いか？」

「いえ。何日かして見つかったんです。川で溺れたんですよ。それ以来、お冨はおかしくなっちまったらしいんです……」

「そうか……」

林太郎が呟いたところで、お冨が唐突に歩み寄って来た。

悪鬼の如《ごと》き表情に、林太郎は思わずたじろいだ。

「祟《たた》りじゃよ」

お冨が、がさがさの口から、ねちゃねちゃとした唾を飛ばしながら言う。

「は？」

「地蔵様の祟りじゃ」

「何を……」

「首なし地蔵様が、息子の仇《かたき》を討ってくれたのさ！」

お冨は高らかに叫ぶ。

気圧され、おろおろしているうちに、お冨が今度は声を上げて笑い出した。

キンキンと耳に突き刺さる笑いだった。

「首なし地蔵様が仇を討った！」

お冨は再び叫ぶと、そのまま踊りでも踊るように、身体《からだ》を動かし、高笑いしながら走り去っていった。

林太郎は、ただ呆然《ぼうぜん》とその姿を見送ることしかできなかった。

「ずっと願掛けをしていたらしいです……」

喜一郎が、小さくため息を吐《つ》きながら言った。

辺りはすっかり暗くなっていた。月が放つ青白い光のせいか、喜一郎の顔が、やけに不気味に見えた。

「願掛け？」

「ええ。この首なし地蔵には伝承がありましてね」

「どんな？」

林太郎の言葉を遮るように、びゅうっと風が吹いた。

秋だというのに、人の息のように生暖かい風だった。妙な臭いもした。それは、おそらく――血の臭いだ。

それだけではない。何ともいえない、異様な雰囲気が漂っている。

雲が月にかかり、自分の手も見えないほどの闇に包まれた。

ざわざわと心が揺れる。

また風が吹いた。

それに混じって妙な音がした。

最初は、草木が風で揺れているのかと思った。

だが違う。

それは人の声だった。

耳許で囁《ささや》くような――そんな声だ。

「何だ?」

林太郎が声に出すのと同時に、目の前にぼんやりと何かが浮かび上がった。

青白い光だ。

どうやら人のようだ。

――許さんぞ!

地響きのような声が響いた。

林太郎は、思わず尻餅《しりもち》をついた。

喜一郎は「ひっ！」と悲鳴を上げ、脱兎《だっと》の如く逃げ出してしまった。

「待ってくれ！」

そう言ったつもりだったが、声にはならなかった。

青白い光が、どんどん林太郎に近付いてくる。

林太郎は、尻餅をついたまま、おののき後退《あとずさ》るが、その光は追ってくる。

――呪い殺してやる！

その叫びが、林太郎の鼓膜を大きく揺さぶった。

一

八十八《やそはち》は、風呂敷包みを抱え、神社を訪れた――。

鳥居は傾き、塗りもところどころ剝げ落ちている。膝の高さほどに雑草が生い茂り、狛犬《こまいぬ》は緑の苔《こけ》に覆われている。

一見すると廃墟《はいきょ》なのだが、この神社の社《やしろ》に棲《す》み着いている男がいる。

憑《つ》きもの落としを生業《なりわい》とする偏屈な男――浮雲《うきくも》だ。

金に卑しく、女にだらしなく、おまけに年中酒ばかり呑《の》んでいる。おおよそ、褒めるべきところのない男だが、憑きもの落としの腕だけは超がつくほど一流だ。

八十八が浮雲と知り合ったのは、姉のお小夜《さよ》が幽霊にとり憑かれたのがきっかけだった。それから、何だかんだと付き合いが続いている。

浮雲のところを訪れるときは、心霊がらみのことが殆《ほとん》どだが、今日は違う。届け物があって足を運んだのだ。

社の階段を上ろうとしたところで、勢いよく社の格子戸が開き、中から、ぬうっと熊のような巨体が現われた。

「うわぁ！」

八十八は、あまりのことに驚き、尻餅をついて階段を滑り落ちてしまった。

あたたっ――八十八は、尻をさすりながら顔を上げる。

「大丈夫か？」

今しがた社から出て来た男が、ぬうっと八十八を覗《のぞ》き込んできた。

鰓《えら》の張った角張った顔立ちで、いかにも豪放磊落《ごうほうらいらく》といった雰囲気だが、同時に品のようなものも漂っている。

「あっ、はい」

「驚かせてしまったようだ。すまなかったな」

低くよく通る声で男が言った。

「いえ。私の方こそ、ろくに前も見ていなかったので……」

立ち上がろうとする八十八に、男が手を貸してくれた。

岩のようにゴツゴツとしていて、これまで触れたことがないほど、力強い手だった。強力《ごうりき》であることが窺《うかが》える。

「怪我《けが》はないか？」

男が、八十八の顔を覗き込みながら訊《たず》ねてきた。

「はい。大丈夫です。何ともありません」

八十八は早口に答える。

「それは良かった。何にしても、すまなかった」

「いえ……」

「では、私はこれで」

男は、顔に似合わぬ柔らかい笑みを浮かべると、そのまま歩き去っていった。

何とも不思議な男だった。

どこの誰かは知らないが、あれは相当な人物に違いない。それが証拠に、穏和な笑みを浮かべていたが、その双眸《そうぼう》の奥には、凍《い》てつくような光を宿していた。

それに、並々ならぬ覇気を纏《まと》っていたようにも思う。

「いつまで、そこで呆《ほう》けているつもりだ」

社の中から声がした。浮雲だ。

八十八は、はっと我に返り、社の中に足を踏み入れた。

浮雲は、いつものように壁に寄りかかり、片膝を立てて座りながら、盃《さかずき》に入った酒をちびちびと呑んでいた。

髷《まげ》も結わないぼさぼさの頭で、白い着物を着流している。胸元から覗く肌は、着物の色よりなお白く、まるで死人《しびと》のようだ。

両眼《りょうめ》を隠すように赤い布を巻いている。しかも、その赤い布には、ご丁寧に墨で眼が描かれている。

一見すると、盲人のようだが、実際はそうではない。

浮雲の両眼は、まるで血のように鮮やかな赤色に染まっている。それを隠すために、赤い布を巻いているのだ。

八十八などは、綺麗《きれい》なのだから隠す必要はないと思うのだが、世の中、そういう奴《やつ》らばかりではないというのが浮雲の言い分だ。

浮雲の瞳は、単に赤いだけではない。死者の魂――つまり幽霊が見える。

そんな浮雲にとって、憑きもの落としは天職のようなものだ。いや、宿命とでも言った方がいいかもしれない。

「それで、今日は何の用だ？」

浮雲が訊ねてくる。

「実は、姉さんから頼まれまして」

八十八は、浮雲の前に座り、持っていた風呂敷包みを差し出した。

浮雲は、「ほう」と言いながら、風呂敷包みを開ける。中には、白い着物が一枚入っている。

「これは？」

浮雲が首を傾げる。

「売れ残ったものですが、悪い品物ではないので、浮雲さんに是非にと――」

そう姉であるお小夜から言われ、八十八が届けに来たというわけだ。

お小夜は、やたらと浮雲のことを気にかけている。その理由は、何となく察しがついているが、できるだけ考えないようにしている。

そもそも、お小夜は、浮雲のことを見誤っている。

お小夜と浮雲がどうにかなってしまっては、それこそ事《こと》だ。浮雲のことは嫌いではないが、お小夜の婿に――ということになると、話は違ってくる。

そんな風に思っているなら、頼まれたからといって、わざわざ届けに来る必要などないのだが、生真面目《きまじめ》な八十八には、それができない。

「悪くない」

浮雲が、着物を広げ、しげしげと見つめながら言う。

「喜んでもらえたようで、何よりです」

「今度、お前の姉さんには、何か礼をしないとな」

浮雲は、意味深長に言うと、ニヤリと笑ってみせた。

その笑みが、八十八には下心に満ちたものに見えてしまった。これを口実に、逢《あ》い引《び》きなど始められたら、堪《たま》ったものではない。

「礼なんていいです」

「そうか？」

「そうですとも。今まで、色々と助けて頂いていますから。そんなことより、さっきの御仁《ごじん》はどなたですか？」

八十八は、慌てた口調で話題を切り替えた。

「ああ、あの男か……」

浮雲が、尖《とが》った顎に手を当て、「うむ」と一つ唸る。

「なかなかの人物とお見受けしましたが……」

「あれは、試衛館《しえいかん》の近藤 勇《こんどういさみ》だ」

「あの人が……」

試衛館の近藤のことは、懇意にしている武家の娘、伊織《いおり》や薬屋の土方《ひじかた》から何度か話を聞いたことがある。

豪傑で、剣の腕で近藤の右に出る者は、江戸にはいないとまで、伊織は言っていた。

「少し、真面目過ぎるきらいはあるが、悪い男ではない」

「強いのでしょう？」

「強いだろうな」

「浮雲さんと、どちらが強いですか？」

八十八は、興味に駆られて訊ねてみた。

浮雲も、こう見えて剣の腕は、相当なものだ。以前、何人もの浪人をいとも簡単にねじ伏せるのを目にしている。

「道場で竹刀《しない》を使ったなら、間違いなく近藤だろうな。来ると分かっていても避《よ》けられない。そういう剣だ」

浮雲は、難しい表情で腕を組んだ。

この男が、こうもあっさりと自分の負けを認めるのは珍しい。いや、初めてのことかもしれない。

それ故《ゆえ》に、より一層、興味が湧いてきた。

「浮雲さんでも、勝てませんか？」

「そうは言ってない」

「でも……」

「道場で竹刀を使ったなら——と言っただろう」

「どういう意味です？」

「言葉のままだ。正面から立ち合ったら、勝ち目はない。だが、表に出れば、いくらでもやりようがあるさ。まあ、一筋縄ではいかんだろうがな」

「卑怯《ひきょう》な手を使えば、勝てるということですか？」

「人聞きの悪いことを言うな。どこまでを卑怯と捉えるかは、人によるってだけだ」

分かるような、分からないような釈然としない感じだが、これ以上、訊ねてみたところで、解《げ》せるとは思えなかった。

それより——。

「その近藤さんが、何をしに？」

「依頼だよ」

浮雲は腕を解《ほど》き、盃の酒をぐいっと一息に呷《あお》った。

「依頼？」

「そうだ。憑きもの落としの依頼だ」

それは、とても興味がある。

かつては、怪異の類《たぐい》の話は、あまり好きではなかったのだが、浮雲と知り合ってからというもの、強い興味が湧くようになった。

「どんな内容なんですか？」

「地蔵だよ」

浮雲は、そう言ってから、両眼を覆っていた赤い布をずり下ろした。

赤い双眸が、じっと八十八を見据える。

やはり綺麗な瞳だ——。

「地蔵って、あの地蔵ですか？」

「そうだ。道端に立っている、地蔵菩薩《ぼさつ》のことだ」

「地蔵と幽霊と、いったいどういう関係があるんですか？」

何だか、不釣り合いなような気がする。

「八王子の方に、首なし地蔵というのがあってな……」

浮雲は、尖った顎に手をやりながら話し始める。

「首なし地蔵……」

何とも不吉な響きだ。

「六体並んだ地蔵があるんだが、そのうち一体は、頭がないらしい」

「一体だけ——ですか？」

「そうだ。以前は、全部の頭が揃《そろ》っていたらしい」

「なぜ、一体だけ頭がなくなったんですか？」

「かつては、村の道祖神《どうそじん》として地蔵が置かれていて、村人たちが拝んだり、お供えをしたりしていた。中でも、一人の娘が、熱心に地蔵にお参りしていた。ところが――」

浮雲は、そこで言葉を切った。

沈黙が長引くほどに、八十八の中で不安が広がっていく。

「何かあったのですか？」

八十八は、堪らず訊ねる。

「ある日、その娘が山賊に襲われ、地蔵の前で手籠《てご》めにされた上に、首を切られて殺された」

「酷い……」

「それからしばらくして、山賊の頭領の死体が、地蔵の前に転がっていたそうだ」

「え？」

「しかも、山賊は首を切られ、その頭が地蔵の頭と入れ替わっていた――」

「なっ！」

「村人は、それ以来、首なし地蔵と呼ぶようになった」

話を終えると同時に、浮雲は再び盃の酒をぐいっと呷ると、ぷはっと熱い息を吐いた。

「つまり、地蔵がその山賊を討った——そういうことですね」

「さあな」

「でも……」

「村の伝承なんてのは、いい加減なものさ。話すほどに尾ひれがつき、元が何だったか、分からなくなっちまうのさ」

それは、分かる気がする。伝承に限らず、他人の話というのは、そうそう当てにはならない。

納得しかけた八十八だったが、ふと引っかかりを覚えた。

「今回は、伝承を調べに行くのですか？」

八十八が訊ねると、浮雲が「いや」と首を左右に振った。

「三日ほど前、その首なし地蔵の前で、首なしの死体が発見されたのさ」

「じゃあ、やっぱり地蔵が人を殺したということですか？」

「阿呆《あほう》が」

浮雲は、瓢《ひさご》の酒を盃に注ぎながら吐き捨てた。

「でも……」

「伝承と同じことが起きたからといって、その伝承が正しいってことにはならねぇ」

「まあ、そうですね……」

「それに、もし本当に地蔵が人を殺したんだとしたら、おれの出る幕はねぇ」

それもそうだ。浮雲の専門は幽霊だ。地蔵が動いて人を殺すとなると、それは妖怪の領域だ。

浮雲が手を出せる話ではない。だが、そうなると――。

「依頼は断わるのですか？」

「いや、取《と》り敢《あ》えずは行く」

「妖怪かもしれないんですよね？」

八十八が訊ねると、浮雲はぐいっと左の眉を吊《つ》り上げた。

「話には続きがある」

「続き？」

「ああ。死体が発見されたあと、八王子千人同心の林太郎って男が、検分に行ったんだが、そこで――」

浮雲は、中途半端に言葉を切り、宙に視線を漂わせる。

「何です？」

「幽霊に憑依《ひょうい》された」

「それは……」

幽霊に憑依されたとなれば、それは浮雲の領域だ。だが、地蔵の伝承と、いったいどういうつながりがあるのだろう？

「何とも胡散臭《うさんくさ》い話ではあるが、おれにも断われない事情があってな……」

浮雲が、ぶつぶつと言いながら、ゆらりと立ち上がった。上背《うわぜい》のある浮雲は、立つとより一層、その存在感が際立つ。

「今から行くのですか？」

八十八は、浮雲の顔を見上げながら訊ねた。

「ああ」

「私も、ご一緒させて下さい」

八十八は、考えるよりも先に立ち上がり、そう口にしていた。

浮雲は嫌そうに顔を歪《ゆが》めたあと、小さくため息を吐いた。

二

「待って下さい」

四谷《よつや》を出て、調布《ちょうふ》を過ぎたあたりで、八十八は堪らず声を上げた。

前を歩く浮雲が足を止めて振り返る。

両眼に赤い布を巻き、金剛杖《こんごうづえ》を突き、盲人のふりをしている。浮雲が、外を出歩くと

のだ。

まさにその通りだ。別に、遠出をするのは初めてではないが、何せ浮雲の歩調が速い

ついて行くのに精一杯で、余計に体力を消耗してしまった。

しかも、休憩も無しだ。もう足が棒のようだ。

「少し休みませんか？」

八十八が口にすると、浮雲は軽く舌打ちをした。

「仕方ねぇな。この先に、茶屋があったはずだ。そこで少し休むから、それまで我慢しろ」

「はい」

休憩が取れると思うと、疲れも幾分和らぐ。

八十八は、再び歩き出した浮雲の背中を追いかけた。

浮雲の言った通り、しばらく行ったところに、小さな茶屋があった。

八十八は、倒れ込むように軒先の縁台に腰掛けた。足が、じんじんと痛む。豆ができているかもしれない。

きの恰好《かっこう》だ。

「もうへばったのか？」

浮雲が、呆《あき》れたように声を上げる。

「いらっしゃい」

奥から、人の好さそうな中年の男が顔を出した。おそらく、この男が店の主人なのだろう。

「茶を二つ」

浮雲が告げると、主人は「へい」と応じて、一度奥に引っ込んだ。

「どちらに行かれるんですか？」

唐突に声をかけられた。

見ると、先客らしき男が、背中を向けて座っていた。小柄な体躯《たいく》とは不釣り合いな、大きな笈《おい》を背負っている。

後ろからだと、箪笥《たんす》に手足が生えた妖怪のようにも見える。

「八王子まで」

八十八が答えると、男は「そうですか」と応じながら、ゆっくりと立ち上がった。

「どちらまで行かれるんですか？」

今度は、八十八が訊ねる。

「どこでしょうね」

男は、わずかに振り返りながら答えた。

顎に白い一本鬚《ひげ》を生やした、恵比寿《えびす》顔の老人だった。

「決めていないのですか？」

「ええ。先が見えていては、面白くありませんから」

老人は、そう答えると、そのまま八王子方面に向かって歩き出した。あれだけ大きな笈を背負っているにもかかわらず、まるで走っているような速さだった。

「妙な人でしたね」

八十八が口にすると、浮雲は「ああ」と気のない返事をした。

何か、別のことを考えているようだ。

「お待たせ致しました」

そうこうしている間に、茶と菓子が運ばれて来た。

八十八は、菓子を口に放り込み、熱い茶で流し込むと、ぷはぁっと息を吐いた。身体に蓄積していた疲労が、流れ出て行くような気がした。

再び奥に引っ込もうとした主人を、浮雲が呼び止めた。

「少し、訊きたいことがある」

「何でしょう？」

主人は、嫌な顔一つせずに応じる。

「首なし地蔵は知っているか？」

浮雲は、赤い布に描かれた眼で、主人を見据える。その異様さに、主人は、一瞬引きつった表情を浮かべたが、すぐに笑顔に戻る。

「ああ。知っていますよ。願掛けすると、代わりに仇を討ってくれるとか……」

「その伝承は、有名なのか？」

「どうでしょう。私は、こういう商いですから、色々と知ってはいますが……」

「その伝承は、本当だと思うか？」

浮雲が問うと、主人は苦笑いを浮かべた。

「私には信じられませんね。さすがに、地蔵が仇を討つってのはね……」

主人がそう考えるのは、もっともだ。

幽霊が出たくらいのことなら、信じるかもしれないが、仇を討つとなると、どうにも眉唾《まゆつば》な感じがする。

「もしかして、首なし地蔵に願掛けしようってんですか？」

主人が、目を丸くしながら訊ねてきた。

「仇を討つなら、地蔵になど頼まず、自分の手でやるさ」

浮雲は、そう答えると、ゆっくりと立ち上がり、主人に金を払い、再び歩き出した。

八十八も、ふんっと力を入れ直し、浮雲のあとを追った。

浮雲は、仇を討ちたい相手がいるのだろうか？

八十八は、ふとそのことが気にかかった。

浮雲が、江戸に流れ着いたことは知っているが、その前、どこにいたのかは、まるで見当がつかない。

そもそも、浮雲という名も、本当の名ではない。

教えてくれないので、八十八が勝手にそう呼んでいるだけのことだ。

ふと、八十八の脳裏に、ある男の顔が浮かんだ。

——狩野遊山《かのうゆうざん》。

かつて、狩野派の絵師であり、今は、人の心を操り、破滅に導く呪術師だ。これまで、何度か顔を合わせている。

遊山は、その呪術を使い、多くの人を葬り去って来た。

その遊山と浮雲は、何かしらの因縁《いんねん》があったようだが、詳しいことは知らない。訊こうと思ったことはあるが、浮雲はいつもそうさせない空気を放っている。

浮雲の過去を解き明かす鍵を握っているのは、おそらく狩野遊山なのだろう。いったい浮雲は、どんな過去を背負っているのか？

頭の中で、そんな考えがぐるぐると回り続けた。

「見えて来たぞ」

八十八の思考を遮るように、浮雲が言った。

「え？」

浮雲の背中越しに目を向けると、道端に地蔵が六つ並んで立っているのが見えた。

「もしかして、あれが……」

「そのようだ」

浮雲は、そう答えると、迷うことなく地蔵に歩み寄って行く。

八十八も、おそるおそるではあるが、地蔵に近づいた。

話に聞いていた通り、六体ある地蔵のうち、右端の一体だけ、首から上がなくなっていた。

そして、首のない地蔵の胸のあたりに、赤黒い染みが付いていた。おそらく、血痕だろう。

他の五体が、穏やかな表情を浮かべている分、余計に異様に見える。

「ここのはずなんだが、まだ来ていないようだな……」

浮雲は、尖った顎に手をやりながら、ポツリと呟く。

「誰か来るのですか？」

「ああ。幽霊にとり憑かれた林太郎の義弟が、ここに迎えに来る手はずになっているんだが……」

「場所を間違えたんですかね？」

「それはない」

確かにそうだ。これだけ目立つ目印だ。間違えるはずがない。と、すると、遅れているのかもしれない。

だとしたら、大変な思いをしながら、急いで来ることもなかった。

「まあいい。気長に待つさ」

浮雲は、そう言うなり、道を外れて林に分け入っていく。

「え？　どこに行くんですか？」

「脱糞《だっぷん》に決まっているだろう」

浮雲が声高らかに告げる。

別に決まってはいない。そもそも、浮雲の便意など、八十八が知る由もないのだ。文句の一つも言ってやろうかと思ったが、浮雲はずんずんと歩いて行き林の奥に姿を消した。

八十八は、ため息を吐いて近くにあった石に腰掛けた。

薄《すすき》が、ざわざわと揺れている。

何とも寂しい場所だ。

少し離れたところに、幾つかの民家と小さな旅籠が見えるが、それだけだ。江戸の賑《にぎ》わいとは大違いだ。

夕闇が迫っていることが、余計にそう感じさせているのかもしれない。

ふと視線を上げると、六体並んだ地蔵が、改めて目に入った。

「ひゃっ！」

八十八は、悲鳴を上げながら思わず飛び上がった。

いつの間にか、地蔵の前に、一人の女が立っていた。襤褸《ぼろ》を着て、髪の乱れた、物乞いのような女だ。

女は、八十八に目を向けると、にたっとからみつくような笑みを浮かべた。

「地蔵様が、仇討《あだう》ちをして下さった」

女は、いかにも嬉《うれ》しそうに笑いながら、そう言った。

「仇討ち？」

――急に何を言っているのだ？

八十八が困惑しているのを嘲《あざけ》るように、女は耳に突き刺さるような不快な笑い声を上げながら、地蔵の前を立ち去った。

見ると、そこには、おにぎりが供えられていた。

「何だったんだ……」

八十八は、半ば放心しつつ、石の上に座り直した。

指先が、小刻みに震えている。

よくよく考えれば、ここは幽霊の出た現場だ。そんなところに、たった一人、取り残されている。

八十八は、今更のようにその事実に行き当たった。

もし、何か現われたら、八十八では太刀打《たちう》ちしようがない。早く戻ってくることを願って、浮雲が消えた林に目を向けてみたが、一向に戻る気配がない。

――参ったな。

落胆して肩を落とした八十八は、ふと誰かの視線を感じた。

浮雲が戻って来たのかと思ったが、そうであったなら、足音なり、草をかき分ける音なりするはずだ。

だが、そういった音はなく、ただ視線だけを感じるのだ。

――もしかして。

八十八の身体を、冷たいものがつうっと抜けていく。

このままここにいては危険だ。慌てて立ち上がろうとしたところで、八十八の耳に声が届いた。

「ねぇ――」

涼やかな、子どもの声だった。

さっきまで、この辺りには子どもの姿などなかった。それを思うと、一気に恐ろしくなった。

「ねぇってば――」

また声がする。

八十八は、おそるおそる顔を上げる。

いつの間にか、八十八のすぐ目の前に、一人の少年が立っていた。

年齢は、八十八より三つか四つ下だろう。小柄で線が細く、まるで女と見まごうほどの美しい少年だった。

それでいて、切れ長の目は、鋭利な刃物のように鋭い光を放っている。

「憑きもの落としってのは、あんたなの？」

少年が訊ねてくる。

「いや、その……」

八十八は、得体の知れない少年の纏う雰囲気にすっかり呑み込まれて、思うように言葉が出て来なかった。

「そうなの？　違うの？　どっち？」

少年が焦《じ》れたように言う。

「えっと、その……」

「まあいいや。試してみれば分かるから」

そう言うなり、少年は持っていた竹刀を構えた。

「なっ、何を？」

「近藤さんが、憑きもの落としは、強いって言ってたからさ、手合わせしてみたかったんだよね」

――この少年は、何を言っているんだ？

「いや、私は……」

八十八は、それ以上、言葉を発することができなかった。

何が起きたのかは分からないが、鳩尾《みぞおち》に強烈な痛みが走り、息が苦しくなる。額から冷や汗が流れ出し、堪らず倒れ込んだ。

何とか、顔を上げると、さっきの少年が八十八を見下ろしていた。

「なぁんだ。全然、弱いじゃん」

「私は……」

その先は、言葉にならず、八十八は意識を失った。

三

八十八は、ゆっくりと目を開けた――。

畳に敷かれた布団の上に、寝ているようだ。

「ここは？」

八十八は、声を上げながら起き上がる。

鳩尾の辺りに、差し込むような痛みが走った。それと同時に、何が起きたのかを一気に思い出した。

地蔵の前で、謎の少年に竹刀で攻撃され、気を失っていたようだ。

あまりの速さに、あのときはよく分からなかったが、おそらくは、腹に突きをもらったのだろう。

「ようやくお目覚めか──」

聞き慣れた声に、顔を向けると、あぐらをかいている浮雲の姿が目に入った。

片手には盃を持っている。

「ここは、どこですか？」

改めて訊ねる。

「旅籠さ」

「旅籠？」

「お前が目を覚まさないから、仕方なくおれが、ここまで運んでやったんだよ」

浮雲が気怠《けだる》げに言う。

そういうことか──とようやく納得する。

おそらくここは、地蔵の近くにある旅籠で、浮雲は倒れた八十八を運んできてくれたということのようだ。

「あの少年は、いったい……」

八十八は、竹刀の少年の顔を思い出しながら口にした。

幼い顔立ちで、女のように線が細かったが、八十八を打ち負かしたときの太刀捌《さば》きは、まさに電光石火だった。

「あのガキは、幽霊に憑かれた林太郎の義弟で宗次郎《そうじろう》だ。おれたちを出迎えに来たってわけだ」

浮雲が、苦笑いを浮かべながら言う。

「ずいぶんと手荒い出迎えですね」

八十八が言うと、浮雲は声を上げて笑った。

「まったくだ」

「今、どこにいるのですか？」

「知らんよ。八《はち》が起きるまで、暇だからとか何とか言って、ふらふらっとどっかに行っちまった」

浮雲が、蝶《ちょう》のように手をひらひらと振った。

自分の間違いで、八十八を気絶させておいて、看病するでも、謝るでもなく、暇だからと遊びに行ってしまうとは——呆れるのを通り越して、笑えてくる。

小さく首を振った八十八だったが、その拍子にもう一つ思い出したことがあった。

「あの女は？」

八十八が声を上げると、浮雲が「女？」と首を傾げる。

「はい。あの少年と顔を合わせる前に、地蔵の前で、女に会ったんです」

「どんな女だ？」

浮雲が、墨で描かれた眼をギロリと向けながら訊ねてきた。そんな風に問われると、緊張で身体が強張《こわば》ってしまう。

「襤褸を着た女でした。髪がぼさぼさで……三十くらいだと思うんですけど、もっと若いかもしれません……」

八十八は、ごくりと喉を鳴らして息を呑み込んでから答える。

「その女は何をしていたんだ？」

「地蔵に、おにぎりを供えていました」

「他には？」

「仇討ち——と」

「仇討ち？」

「ええ。地蔵様が、仇討ちをして下さったと」

八十八が告げると、浮雲は「うむ」と難しい顔で腕組みをした。

あの女の空気は、あまりに異様だった。特に、あの血走った目は、正気を失っている
ように見えた。

「それは、おそらくお冨だと思います」

声とともに障子が開いた。

目を向けると、一人の男が部屋に入ってきた。丸顔で、人懐《ひとなつ》こい笑みを浮かべた、四
十がらみの男だった。

「話が聞こえてしまったものでつい――」

男は、そう言うと腰を折って頭を下げた。

「旅籠の主人だ」

主人は「太一郎《たいちろう》と申します」と丁寧に挨拶をした。

「あの……どういう女か、ご存じなんですか？」

八十八が訊ねると、太一郎は「はい」と小さく頷いた。

「手間だと思うが、聞かせてはくれんか？」

浮雲が問うと、太一郎は少しためらう素振りを見せつつも、腰を下ろして口を開いた。

「実は、私もこの村に来て数年なので、それほど詳しい事情は知らないのです」

「そうなんですか？」

八十八は、驚きとともに口にした。

この旅籠は、歴史を感じさせる建物だ。代々受け継がれているものだとばかり思っていた。

「ええ。三年ほど前に、地蔵の前で飢え死にしかけていたところを、先代の主人に救われまして……」

主人は、恐縮したように肩をすぼめながら言った。

「そうだったんですか」

「ええ。飯を食わせてくれただけでなく、旅籠を手伝わないか――と、仕事を与えてくれました。本当に、仏のような人でした」

「今は？」

訊ねながら、八十八は莫迦《ばか》なことを言ったものだと、心の中で自分を叱った。

太一郎の言い方から、その後、何があったか容易に分かる。あまりに、無遠慮な質問だった。

だが、太一郎は嫌な顔も見せず話を続ける。

「昨年の春、亡くなりました。この旅籠を続けていくことが、せめてもの供養と思っております」

太一郎は、笑みを浮かべてみせたが、その目には、深い哀《かな》しみが満ちていた。

今は亡き恩人を思っているのだろう。

「あんたの素性はいい。それより、お富って女のことを聞かせろ」

しんみりとした空気を打ち破ったのは浮雲だった。

太一郎は、「そうでしたね――」と気を取り直した様子で話を続ける。

「お富が住んでいるのは、ここから一里ほど先です。かつては、夫がいたのですが、かなり前に病死したそうです」

「それで？」

浮雲が、先を促す。

「お富には、子どもが一人いました。あるとき、その子どもが神隠しにあったそうです。お富は、必死に捜し続けたのですが、見つかりませんでした。五日ほど経《た》って、ようやく見つかったのですが……」

太一郎は、そこまで言って視線を宙に漂わせた。

わずかな沈黙であったが、最悪の結末を予感させるのには、充分過ぎるほどだった。

「死んでいたのか？」

浮雲が、無表情のまま訊ねた。

「ええ。川に浮かんでいるのが見つかったそうです。おそらく、遊んでいるうちに、川で溺れたのだろうと思います。ですが、お富はそうは思わなかった」

「誰かに殺された——そういう妄想にとり憑かれたんだな」

浮雲は、はっきりとした口調で言った。

「はい。それからというもの、お冨は首なし地蔵に願掛けをするようになったんです。子どもを殺した者を、殺して欲しい——と」

太一郎は、淡々とした口調だったが、それ故に、余計に怖く感じる。

「もしかして、先日、見つかった死体というのは、お冨の子どもを殺した犯人……」

八十八は、震える声で訊ねた。

あのときお冨は、「地蔵様が、仇討ちをして下さった」と口にしていた。もし、見つかった死体が犯人であれば、その言葉の意味もつながる。

「それは、分かりません」

太一郎が首を左右に振った。

「でも……」

「死体には、首がなかったのです」

太一郎の言葉に、八十八は「あっ!」となった。

首なし死体ということは、それが誰なのか分からないということだ。しかし、ずっと願掛けを続けていたお冨は、それが誰であれ、死体が見つかったというだけで、自分の宿願が成就したと思い込んだのだろう。

「それに、お冨の子どもは殺されたのかどうか、定かではないんです……」

太一郎の言う通りだ。

今の段階で、地蔵の仇討ちだと決めつけるのは早い。まだ、分からないことが、たくさんある。

浮雲は、何を考えているのだろう？

八十八が目を向けると、浮雲は盃の酒をぐいっと呷ったあとに、着物の袖で口許を拭った。

その刹那《せつな》、浮雲の口許に笑みが浮かんだ。

八十八には、浮雲が、もう全てを見透かしてしまったかのように思えてならなかった。

「これから、どうするのですか？」

八十八が訊ねると、浮雲は「うむ」と一つ唸った。

「取り敢えずは、幽霊に憑かれたという、林太郎のところに行ってみるしかなかろう」

「まあ、そうですよね」

などと話していると、「失礼します」の一声の後、障子が開いて一人の女が入ってきた。

年齢の頃は、二十といったところだろうか。落ち着いた雰囲気の女だった。おそらく、旅籠の女中なのだろう。

「お客様。お食事は、どうされますか？」

女が訊ねてくる。

「腹が減っては、やる気も起きん。頂くとしよう」

浮雲は、嬉しそうに言う。

「いいんですか？」

「何がだ？」

「こうしている間にも、林太郎さんという方が、大変なことになっているかもしれません」

「そう急《せ》くな。だいたい、案内役のガキが戻って来ないのでは、林太郎という男のところに行きようがないだろう」

まあ、それもそうだ。

納得するのと同時に、何だか拍子抜けした気分にもなった。

四

小さな旅籠だったが、食事は思っていたものより、ずっと豪華だった。

白米に山菜の煮物、それに山女魚《やまめ》なども添えられていた。

味もなかなかのものだった。

食事は、てっきり女中が作っているものとばかり思っていたが、女中は近頃体調が思わしくないらしく、主人の太一郎の方がこしらえているとのことだった。

何にしても、こんな田舎《いなか》の旅籠で、これだけの食事を出すのは、相当な工大があるのだろう。

腹が満たされたところで、八十八の中にふっと疑念が浮かんだ。

「地蔵は、人を殺《あや》めたりするものなのですか？」

爪楊枝《つまようじ》で、歯をせせっている浮雲に訊ねた。

浮雲は、ふんっと鼻を鳴らして笑った。今は、他に人がいないので、赤い布を外している。細められた赤い双眸は、美しくはあったが、同時に冷ややかだった。

「地蔵ってのは、大地が全ての命を育む力を、蔵《ぞう》するってところから名付けられている」

「全ての命——ですか」

「そうだ。だから、地蔵菩薩ってのは、無限の慈悲で人々を救うとされ、広く信仰されてきたんだ」

「無限の慈悲とは、また大きいですね」

「それが地蔵の理《ことわり》だ」

「そんな地蔵菩薩が、願掛けされたくらいで、人を殺すと思うか？」

「なるほど」

浮雲の話を聞き、「ああ」と納得する。

確かに、そう考えると、地蔵菩薩が仇討ちの為《ため》に人を殺すというのは、どうにも不自然なことのように思われる。

むしろ、殺した相手にすら慈悲をかけてしまうのではないだろうか。だが、だとしたら——。

「首なし地蔵の伝承は、どうして生まれたんでしょう？」

それが八十八には分からなかった。

「偶々《たまたま》だ」

浮雲が、きっぱりと言う。

「どういうことです？」

「人ってのは、不可解な出来事が起きると、それを幽霊や妖怪、はたまた神仏に結びつけちまうもんなのさ」

「そうでしょうか？」

「ああ。だから、何でもかんでも、拝みまくるんだよ」

「そうかもしれません」

そういう節はある。八十八もそうだ。

　これまで、浮雲とかかわってきた数々の怪異も、そのほとんどが人の仕業だった。だが、それが分からぬうちは、幽霊だ妖怪だ、あるいは神仏の祟りだと騒ぎになった。

「伝承にあった、山賊と娘の話は、おそらく実際にあったのだろう」

「え？」

「もちろん、山賊の首を切ったのは、地蔵ではない。他の誰かだ。縁者による仇討ちだったかもしれんし、仲間割れだったのかもしれん」

「はあ……」

「死体が地蔵の前にあった。犯人が見つからない。この分からないことに、人は答えを求める」

「そうですね」

「そういえば、以前に村の娘が山賊に殺されたことがあった。死体が地蔵の前にあるのだから、地蔵が仇討ちをしたに違いない――と結論付けることで、納得したのさ。それが、伝承となって広まったってところだろう」

　何となくではあるが、浮雲が言わんとしていることは分かる。

　だが、八十八には一つ引っかかることがあった。

「地蔵菩薩は、無限の慈悲で人を救うのですよね。それを知っていれば、地蔵のせいにすることは、できないのではないですか？」

八十八が問うと、浮雲は爪楊枝を置いて、ふっと笑みを零《こぼ》した。

「信仰なんて、いい加減なものさ」

「え？」

「神仏の前で、拝んじゃいるが、それが何に由来するものかを真剣に考えている奴なんて、そうそういない」

「そういうものですか？」

「そういうものだ。すがれるものがあるなら、何だっていいんだよ。だから、祟り神まで祀《まつ》っちまうんだ」

「いや、しかし……」

言いかけた八十八を、浮雲が制した。

「しかしもへったくれもあるか。現に、お前は地蔵が何であるかを知らなかっただろう？」

「あっ！」

それを言われてしまうと、もう返す言葉がない。

八十八は、これまで地蔵を見たときに、手を合わせたことが何度もある。だが、今までどういう仏か、ろくに知りもしなかったのだ。

そのいい加減さが、無限の慈悲を持つはずの地蔵が、仇討ちをした——などという話を広めることになったのだろう。

「そうなると、今回の一件は、いったい……」

八十八がそう言いかけると、浮雲は嫌そうに表情を歪めた。

「だから急くな。林太郎という男を見てみなければ、何とも言えん」

——そうだった。

まずは、見てみないことには、何も分からない。そのためには、宗次郎とかいう子どもに、案内してもらわなければならないのだが、一向に現われる気配がない。

——さて、どうしたものか？

八十八が考えを巡らせていると、浮雲が何かを察したらしく、険しい表情を浮かべた。

「どうしたのですか？」

訊ねてみたが、答えはない。

傍らに置いてあった金剛杖を摑《つか》み、鋭い眼光を真《ま》っ直《す》ぐに障子に向けている。浮雲が放つ緊張感に、八十八までひりひりしたものを感じ、身体を強張らせた。

これから何かが起こる——そんな予感がした。

が、しばらくして浮雲は軽く舌打ちをして、金剛杖から手を離し、緊張の糸を解いた。

「阿呆が。つまらん戯れをするんじゃねぇ」

浮雲が言い放つと同時に、部屋の障子がすっと開いた。

「やはり、気付かれてしまいましたか」

笑みを浮かべながら、そこに立っていたのは土方歳三《としぞう》だった。

土方は薬の行商をしていて、八十八の店の馴染《なじ》みでもある。商売柄、方々に顔が利く。

浮雲を八十八に紹介したのも土方だ。

背が高く、端整な顔立ちをした美男子で、いつも穏和な笑みを浮かべている。

人当たりのいい人物ではあるが、得体の知れないところがある。

薬の行商人でありながら、剣の腕が滅法《めっぽう》強く、浪人や盗賊を、いとも簡単に叩《たた》きのめしているのを、何度か目にしている。

それに、笑みを浮かべてはいるものの、切れ長の目の奥に潜む、冷たい光を見ていると、どうにも落ち着かない気持ちになる。

「そんな禍々《まがまが》しい気を放って近付けば、誰だって気付く」

浮雲は呆れたように言いながら、瓢から盃に酒を注ぎ、ずいっと土方に差し出した。

「それもそうですね」

土方は笑いながら言うと、浮雲から盃を受け取り、ぐいっと一息に呑んだ。

「あの……土方さんが、どうしてここに？」

日頃から、土方は神出鬼没のところがあるが、さすがに多摩《たま》まで姿を現わしたことには驚く。

「私は、代理でしてね」

土方は、盃を浮雲に返しながら答える。

「代理？」

「はい。宗次郎の代わりに、林太郎さんのところに、ご案内させて頂きます」

土方が例の冷たい目を八十八に向けながら言う。

「最初から、お前が来れば、こんなややこしいことにはならなかっただろうに」

ぼやくように言ったのは浮雲だった。

「同感です。宗次郎などに、案内役をやらせるから、八十八さんにご迷惑をかけることになるのです」

土方は、ため息混じりに言う。

「まあ、そこが近藤さんらしいと言えば、らしいですがね」

最後に、土方はそう付け加え、声を上げて笑った。

近藤とは、浮雲の社の前で会った、あの男のことだ。

土方は近藤とかなり親しい間柄のように思える。いったい、どういう関係なのだろう。

「まあいい。とにかく、案内してもらおう――」

浮雲は金剛杖を手に取り、すっと立ち上がった。

いよいよ、幽霊にとり憑かれた林太郎なる人物に、会うことになるのか——そう思うと、高揚感が沸き上がると同時に、何だか妙な胸騒ぎも感じていた。

五

「こんな刻限に、お出かけですか？」

旅籠を出ようとしたところで、主人の太一郎が目を丸くしながら声をかけてきた。夜もだいぶ更けている。驚かれるのは当然だ。

「盲人には、昼も夜も関係ないさ」

浮雲は、冗談めかして言うと、さっさと旅籠を出て行ってしまった。

もちろん八十八も、そのあとに続く。土方も一緒だ。

提灯《ちょうちん》を一つ持ってはいるが、足許がおぼつかないほどに暗い。いつになく闇が深いような気がする。

旅籠を出て、地蔵の近くまで来たところで、浮雲がふと足を止めた。

「どうしたのですか？」

八十八が訊ねると、浮雲は手を翳《かざ》してそれを制した。

眼を覆っていた赤い布をずり下ろし、深紅に染まった双眸で地蔵を凝視する。気付くと、土方も同じように鋭い眼光でじっと闇を睨《にら》んでいた。
何かを感じ取ったのかもしれない。
八十八は息を呑み、おそるおそる地蔵に目を向けてみた。
暗い闇の中に、六体の地蔵が佇《たたず》んでいる。
こうやって改めて目にすると、その異様さが、より一層際立っているような気がした。
風がびゅうっと吹き、薄が揺れた。
「そんなところに隠れてないで、出て来たらどうだ？」
浮雲が、地蔵に向かって声を張る。
――地蔵の近くに、誰か隠れているということだろうか？
いや、もしかしたら、それは人ではなく、幽霊なのかもしれない。
そう思うと、恐怖にかられ、握った拳が汗ばんだ。
張り詰めた緊張の中で、八十八は闇の中にある地蔵を見続けている。
しばらくして、ガサガサッと音がした。
風が立てた音でないことは、明らかだった。
「逃げたか――」
浮雲が、舌打ち混じりに言った。
「誰かいたのですか？」

八十八が訊ねると、浮雲が「ああ」と小さく頷いた。

「よく、この暗がりの中で見えますね」

八十八は感嘆とともに口にした。

もしかしたら、浮雲の赤い双眸は、闇を見通すことができるのかもしれない——そんな風に思った。

「阿呆が」

浮雲が、呆れたように答える。

「え？」

「こんな暗がりで、見えるわけがなかろう」

「でも……」

「気配を感じたのさ」

浮雲がぶっきらぼうに言った。

こういうときの浮雲は、憑きもの落としというより、武士のように見えてしまう。

「いったい、誰だったんでしょうか？」

八十八が訊ねると、浮雲は首を左右に振った。

「さあな。ただ、悪意を持った奴だったのは確かだ」

——悪意。

その言葉が、八十八の耳に重く響いた。

それと同時に、一人の女の顔が頭に浮かんだ。

「お冨という女でしょうか？」

八十八は、あの禍々しい空気を纏った女の名を口にした。

子どもを亡くしてから、正気を失い、首なし地蔵に仇討ちを懇願し続けた女――。

「お冨とは違いますね」

言ったのは、土方だった。

「どうして違うと分かるんですか？」

八十八が訊ねると、土方は持っていた提灯を掲げ、地蔵の方に歩み寄っていく。

黒い塊だった地蔵に、ぼんやりと光が当たる。

「ひっ！」

八十八は、あまりのことに飛び退《の》いた。

提灯の光に照らされた地蔵の前には、人影があった。

見覚えのある顔だった。

――お冨だ。

お冨は両目を大きく見開き、口をあんぐりと開け、地蔵に寄りかかるようにして座っていた。

その顔は、驚愕《きょうがく》しているようでもあり、歓喜しているようでもあった。

「死んでますね」

土方が、つかつかとお冨に歩み寄り、その身体を検分しながら言った。

「え？」

八十八は、驚きの声を上げつつも、ゆっくりとお冨に近付いた。

恐ろしさで身体が震えたが、それでも、意を決してお冨の顔を覗き込む。

首に横一文字の斬り傷がついていた。

そこから、生乾きの血が滴《したた》っていて、肩のあたりまでびっしょりと濡《ぬ》れていた。確かに、死んでいる。

「こ、こ、これはいったい……」

八十八は、おののきながら声を上げる。

「見ての通りです。誰かに斬られたんでしょうね」

土方は、淡々と告げる。

なぜ、お冨がここで殺されているのか？　考えられる答えは、一つしかなかった。

「もしかして、地蔵菩薩が……」

「どうしてそうなる」

「でも、他に考えられません。地蔵菩薩が、仇を討った代わりに、お冨の命を……」

言いかけた八十八だったが、浮雲に小突《こづ》かれた。

「阿呆」

「しかし……」

「伝承が真実だとしても、お富が殺される道理はない」

浮雲が言い放つ。

「現に、お富は死んでいるじゃないですか」

八十八が言い張ると、浮雲は心底呆れたようにため息を吐いた。

「お前のような阿呆がいるから、噂話《うわさばなし》に尾ひれがつくんだよ」

浮雲に言われて、肩を落とした。

確かに阿呆だった。伝承が、いかに曖昧なものかを話したばかりだ。こうやって、早合点した人の話が、事実をねじ曲げてしまうのだろう。

だが、そうなると逆に分からなくなる。地蔵でないなら、誰がお富を殺したのか――。

「これは、人の仕業ですよ」

八十八の考えを見透かしたように、土方が言った。

そうかもしれない。いや、本当にそうなのか？　八十八には、何が何だかさっぱり分からなかった。

「歳三、頼みがある」

浮雲が、金剛杖でドンッと地面を突きながら言った。

「何でしょう？」

「林太郎を、旅籠まで連れて来てもらえるか？」

浮雲が問うと、土方はにいっと薄い笑みを浮かべ「分かりました」と応じるなり、闇の中をもの凄《すご》い速さで駆けていった。

その姿を見送りながら、浮雲は顎に手をやり「厄介なことになった」と呟いた。

六

「どういうことなんですか？」

八十八は、壁に寄りかかるように座っている浮雲に訊ねた。

お冨の死体を見つけたあと、浮雲はさっさと旅籠の部屋に戻ってしまった。ずいぶんと早い帰りだったので、太一郎が驚いていたが、そんなことはお構いなしに、ちびちびと酒を呑み始めている。

地蔵の前にある、お冨の死体はそのままだし、そのことについては、一言も触れなかった。

最初は、いつもの気まぐれだと思ったが、その表情を見て考えを改めた。

赤い布で両眼を隠しているので、眼は見えない。だが、表情が虚《うつ》ろで覇気がない。ゆっくりと酒を呑んではいるが、まるで酒の味などどうでもいいといった様子だ。

おまけに、八十八がいくら問いかけてもろくに返事をしない。

今回の怪異について考えを巡らせているのだろう。

これほどまでに、浮雲を悩ますとは、並々ならぬ事件なのだろうが、八十八などが考えたところで、真相が見えるはずもない。

小さくため息を吐くことしかできなかった。

静寂の中、ただ時間だけが過ぎていく——。

どれくらい時が経ったのだろう。外で物音がした。何事かと腰を浮かし、障子を開けると、土方の姿が見えた。

その他に、若い男が二人ばかりいた。彼らは、一人の男の頭と足をそれぞれ持ち上げながら運んで来た。

さっき浮雲が、幽霊にとり憑かれた林太郎という男を連れてくるように言っていた。

おそらく、あれが林太郎だろう。

などと八十八が考えている間に、林太郎は部屋に運び込まれ、浮雲の前に寝かされた。

男たちは、林太郎を下ろすと、そのまま部屋を出て行き、土方だけが残った。

「来たか——」

浮雲は、そう言いながら立ち上がった。

「何事ですか？」

騒ぎを聞きつけて、太一郎が部屋に顔を出した。

「大したことではない。気にするな」

浮雲がピシャリと言う。

「しかし……」

太一郎からしてみれば、夜更けにいきなり男たちが現われ、別の人間を連れ込んだのだ。気になるのは当然だろう。

「迷惑はかけん。用があれば呼ぶ」

浮雲の強い姿勢に、太一郎は渋々といった様子で部屋を出て行った。

「さて――」

浮雲は、そう言って寝ている林太郎の顔を見下ろした。

これから憑きもの落としが始まるのだろう。そう思うと、気持ちが高揚していく。だが、同時に、不安も高まった。

浮雲の憑きもの落としの方法は、他とは少しばかり違っている。

経を唱えたり、お札《ふだ》を貼ったり、奇妙奇天烈《きてれつ》な儀式を行ったりはしない。幽霊が彷徨《さまよ》っている原因を見つけ出し、それを取り除くのだ。

理に適《かな》っているのだが、それ故に心配になってしまう。

今回の事件は、分からないことが多すぎる。そもそも、地蔵の仇討ちなどという突拍子もない事柄を、どうやって祓《はら》うつもりなのか？

などと考えていると、障子が勢いよく開いた。

また、太一郎がやって来たのかと思ったが違った。そこに立っていたのは、一人の少年だった。

地蔵の前で会った、宗次郎だ。

出迎えに来たにもかかわらず、喧嘩《けんか》をふっかけてきたやんちゃな少年だ。おまけに、林太郎のところに案内するはずだったのに、どこぞに姿を消してしまっていた。

「まだ、始まってないだろ」

宗次郎は、目を輝かせながら言う。

「え？」

「憑きもの落としって、どんな風にやるんだ？　早くやってくれよ」

宗次郎が急かすように言う。

「宗次郎。その前に、八十八さんに謝らなければならないだろう。お前の勘違いで、大変な目に遭ったんだ」

土方が口にすると、宗次郎はそこでようやく八十八がいることに気付いたらしい。

が、驚くでも、狼狽《ろうばい》するでもなく「悪い」と一言だけ口にすると、改めて浮雲に目を向けた。

全然悪いなんて思っていないだろう。

しかし、それを咎《とが》めるような気にはならなかった。あまりにからっとしているので、もういいか――という気になってしまった。

何とも不思議な少年だ。

土方も、これ以上、何かを言っても意味がないと思ったのか、首を振りながら小さくため息を吐いた。

「見るのは勝手だが、邪魔はしてくれるなよ」

浮雲が、赤い布に描かれた眼で、宗次郎をギロリと睨む。

近くにいるだけで、居竦《いすく》むほどの迫力だったが、当の宗次郎は、「分かってるよ」と肩を竦めると、からからと笑い声を上げた。まるで、緊張感がない。

それでも言いつけは守り、部屋の隅に移動して、ちょこんと座った。

「では、始めるとするか」

浮雲は、気持ちを切り替えるように言うと、金剛杖でドンッと畳を突いた。

――いよいよだ。

八十八は、はやる気持ちを抑え、少し離れたところに腰を下ろした。

土方は障子の前で立っている。

浮雲は、林太郎の前に片膝を突いて座ると、じっとその顔を覗き込んだ。

八十八も、同じように林太郎に目を向けた。

よくよく考えれば、林太郎が部屋に運び込まれてから、ばたばたとしていて、ろくにその顔を見ていなかった。

横たわる林太郎は、青白い顔をしていたものの、穏やかに眠っているようだった。

幽霊に憑かれたと聞いていたが、その寝顔を見る限り、何かの間違いではないかと思えてくる。

「本当に、幽霊がとり憑いているんですか？」

黙っていようかと思ったが、ついつい訊ねてしまった。

「ああ。確かに憑いている」

浮雲が、キッパリと言う。

八十八には何も見えない。だが、浮雲はそうではない。その赤い双眸には、死者の魂――つまり幽霊が見えているのだ。

そう思うと、途端に林太郎の顔が恐ろしく見えた。

「お前は誰だ？」

浮雲は、林太郎にずいっと顔を近付けながら問う。

しばらく返答はなかった。

しかし——。

「うがぁ」

不意に、林太郎の喉が動いた。

苦しみ悶《もだ》えているような声だった。

「答えろ。お前は何者だ？」

浮雲が再び問う。

「ゆ……すまじ……うら……もの……」

さきほどよりは、幾らかましだが、何を言っているのかは聞き取れない。

だが、浮雲は違ったようだ。「やはり、そういうことか——」と独り言のように呟いた。

いったい何を喋《しゃべ》っているのだろう？

「何か分かったのですか？」

八十八は、腰を浮かせて問う。

浮雲は「ああ」と応じながら、八十八の方を見た。

と、次の瞬間、林太郎の身体が動いた。

その腕をずいっと伸ばして、浮雲の首を摑んだのだ。そのまま、浮雲の首をぎりぎりと絞《し》め上げる。

林太郎は、怒り、或《ある》いは憎しみといったものが、ない交ぜになって、まるで鬼のような形相だった。

土方が助けに入ろうとしたが、浮雲がそれを制した。

――なぜ？

八十八には、それが分からなかった。

この状況で助けを拒む理由などないはずだ。浮雲は、いったい何を考えているのだ？

「思うように動けまい。それは、お前の身体ではないからだ」

首を絞められているからか、浮雲の声は普段より、細くなっていた。

「だぁまっぁ……れぇ……」

林太郎が唸り、浮雲の首にかけた手に、どんどん力を入れていく。

浮雲はそれを振り払うでも、抗《あらが》うでもなく、林太郎の顔をじっと見つめる。

土方は、無表情にそれを見つめている。

部屋の隅にいる宗次郎は、その光景を楽しむかのように、ヘラヘラと緩い笑みを浮かべていた。

何とも異様な状況だ。

八十八は、恐れ、狼狽《うろた》えながらも、目を逸《そ》らすことができなかった。

「そうか……殺された恨みを晴らそうというわけか……」

浮雲が林太郎に告げる。

首を絞められているせいで、さっきより顔色が悪くなっているように見える。

「ゆるすぅまじぃぃ……」

「もしお前がそれを望むなら、その身体に入っていては無理だ。早く自分の身体に戻らんと、取り返しがつかなくなるぞ……」

「がぁぁ」

林太郎が、叫ぶように言いながら、首を絞めている腕に力を込める。

「力が入らんだろう……その身体に入っているうちは、無抵抗のおれを殺すこともできんぞ……」

「だまぁれぇ……」

「そうか。だったら、その身体の中で、果てるがいい」

「ぐぅぅ」

林太郎の表情が苦悶《くもん》に歪む。

「それが嫌なら、おれに任せろ」

「…………」

「分からんか？　おれが、お前の恨みを代わりに晴らしてやろうと言っているんだ」

浮雲の言葉を聞き、八十八は「え？」となった。

はっきりと説明してもらったわけではないが、ここまでのやり取りから、林太郎にとり憑いている人物が、復讐《ふくしゅう》を目論《もくろ》んでいるであろうことは、見当がついた。

問題は、浮雲が自分が代わりに恨みを晴らすという旨のことを、口にしたことだ。

浮雲の除霊の方法は、幽霊が彷徨っている原因を見つけ出し、それを取り除くことだ。

復讐を目論んでいるということは、それを代わりに果たしてやることが必要になるのは分かる。

だが――。

それは即《すなわ》ち、浮雲が林太郎にとり憑いている幽霊に代わって、誰かを殺すという意味でもある。

――浮雲さんは、本気でそれをやるつもりなのか？

引っかかりを覚えたが、それを訊ねられるような状況ではなかった。

「聞こえなかったのか？　その身体を出て成仏すれば、おれが代わりにお前の無念を晴らしてやると言っているんだ」

浮雲が、苦しそうにしながらも、一際強い口調で言った。

しかし――その申し出は届かなかった。

「ぎぃぃ」

林太郎が、がばっと身体を起こし、浮雲を押し倒さんばかりに、ぐいぐいと首を絞める。

——さすがに拙《まず》い！

助けようと腰を浮かした八十八だったが、これも浮雲に制された。

——本当に大丈夫なのか？

八十八が気を揉《も》む間にも、浮雲の言葉は続く。

「まだ分からんか？　お前がいくら足掻《あが》こうと、生き返ることも、恨み人を殺すこともできん」

「ぐぎぃぃ」

「おれを信じろ」

浮雲が、そう告げるのと同時に、林太郎の身体からふっと力が抜け、パタリと倒れ、それきり動かなくなった。

「どうなったのですか？」

長い沈黙のあと、八十八はようやくそれだけ言った。

「林太郎にとり憑いていた幽霊は離れた」

浮雲が、小さく笑みを浮かべながら言った。

それを聞き、ほっと胸を撫《な》で下ろした八十八だったが、浮雲の首に残る絞められた痕を見てぎょっとなった。

浮雲は、平然と振る舞っているが、ぎりぎりの駆け引きだったのかもしれない。

「ねぇねぇ。今のって、何だったの？」

素っ頓狂な調子で訊ねたのは、宗次郎だった。

「林太郎に憑いていたのは、地蔵の前で殺された男さ——」

浮雲は、そう言って壁に寄りかかるように座ると、瓢の酒を盃に注いだ。

おそらく、三日ほど前に発見された首なし死体が幽霊になって地蔵の前を彷徨ってい て、それを調べに来た林太郎が、運悪くとり憑かれたということなのだろう。

納得しかけた八十八だったが、一つ引っかかりを覚えた。

「どうして、そうだと分かったんですか？」

八十八が訊ねると、浮雲は小さく笑みを浮かべる。

「本人が、そう言っていた」

「ああ……」

何のことはない。浮雲には、八十八たちに見えている以上のものが見えているのだ。分かって当然なのだ。

「その人は、どうして義兄《にい》さんにとり憑いたんだ？」

宗次郎が訊ねる。

「殺された恨みさ」

浮雲は、そう言ったあと、盃の酒をぐいっと呑む。

「どうして、殺された恨みで、義兄さんにとり憑くのさ」

まだ納得できないらしく、宗次郎が口を尖らせながら言う。

「誰でも良かったのさ」

「誰でも？」

「そうだ。殺された男は、その恨みから現世を彷徨い、何としても復讐を遂げようと願った。そこに、偶々林太郎がいた――というだけのことだ」

宗次郎は、今度は納得したらしく「ふうん」と声を上げた。

が、その顔は何とも釈然としないものだった。

「つまんないの」

宗次郎が、軽く舌打ちをしながら言う。

「何がだ？」

浮雲が問う。

「だってさ。憑きもの落としをするっていうから、てっきり幽霊と闘うのかと思ってたのに、ちょこっと話して終わりだろ。せっかく、慌てて来たのに、全然面白くない」

宗次郎が気怠げに言う。

何とも子どもらしい身勝手な言い分だ。浮雲も、相手にするつもりはないらしく、声を上げて笑っただけだった。

何にしても、これで一段落だ——そう思った八十八だったが、さっき訊ねることができなかった考えが、頭をもたげた。

「あの……」

「何だ？」

「さっき、代わりに恨みを晴らしてやると言っていましたよね？」

「ああ。言った」

「それは、つまり……」

これから、浮雲が林太郎にとり憑いていた男を殺した人物を、代わりに殺すということになる。

浮雲は、本当に恨みを晴らしてやるつもりなのだろうか？

「嘘《うそ》に決まってるだろ」

浮雲がさらりと言った。

「え？」

「だから嘘を吐《つ》いたんだよ。あの男は、それを信じて成仏した」

「そんな無茶苦茶な……」

「無茶苦茶なもんか。だいたい、何でおれが義理も何もねぇ奴の恨みを、晴らしてやらなきゃならねぇんだ」

「まあ、それはそうですが……」

「こう言っちゃ悪いが、殺されたのは自業自得だ。逆恨み《さかうら》なんぞに、いちいち付き合ってられねぇよ」

「それって、どういう意味ですか？」

八十八の問いに答える代わりに、浮雲がすっと立ち上がった。

その身体から放たれる殺気にも似た空気に、八十八は思わず息を呑んだ。

「そこにいるんだろ」

浮雲は、奥の障子に向かって声を上げる。

——え？

困惑している八十八を尻目に、浮雲はずいっと障子に歩み寄る。

「話は聞いていたんだろ。出てきたらどうだ？」

浮雲が再び声を張ると、障子がゆっくりと開いた。

風が吹き込み、蠟燭《ろうそく》の火が揺れる。

そこに立っていたのは、八十八の知っている人物だった——。

七

「ご主人――」

八十八は、思わず声を上げた。

戸口のところに立っていたのは、旅籠の主人の太一郎だったからだ。

穏和な顔立ちをしていたはずなのに、今の太一郎は、血色が悪い上に、思い詰めたような険しい表情を浮かべている。

「話は聞いていたな」

浮雲は特に驚くでもなく、ポツリと言った。

「はい」

太一郎はか細い声で応じると、深々と頭を下げた。

「お前に、幾つか訊きたいことがある。そこに座れ――」

浮雲が告げると、太一郎は大人しく部屋に入り、正座した。

萎縮しつつも、背筋はしゃんと伸ばし、何かを覚悟しているようにも思えた。

「さて、お前の憑きものも落とさなければならんな」

浮雲は、そう言って金剛杖で畳を突いた。

——今のはいったいどういう意味だ？

浮雲の口ぶりでは、まるで太一郎にも幽霊が憑いているかのようではないか。しかし、そんな風には見えない。

だとしたら、いったい何を落とすというのだろう？

浮雲は太一郎の前に屈《かが》み込むと、赤い布に描かれた眼で、その顔をじっと見つめた。

「地蔵の前で見つかった死体——あれを殺したのはお前だな」

浮雲がさらりと放った言葉に、八十八は耳を疑った。

しかし、その驚きに反して、太一郎は落ち着いたものだった。覚悟したように、大きく息を吸い込んだあと、真っ直ぐに浮雲の顔を見た。

「隠し立てしても、逃れられそうにありませんね」

太一郎が、穏やかな口調で言った。

明言こそしていないが、今の言葉は、認めているのと同じだ。

「いったいどういうことなんですか？」

八十八は、堪らず口を挟んだ。

「どうもこうもない。言葉のままだ」

浮雲は、さも当然であるかのように言うが、そんな説明で納得できるはずがない。

「なぜ、ご主人が殺すのです？　まったく分かりません」

八十八が強く言い募ると、浮雲は呆れたように一つため息を吐いた。

「なぜ殺したのか――それを明らかにするためには、まず、殺された男が何者かをはっきりさせなきゃならん」

「誰なんですか？」

八十八は、身を乗り出すようにして訊ねる。

殺された男は、首を切られていて、頭がなかった。誰なのかは、今に至るも分かっていない。

いや、殺された男の幽霊と対面した浮雲だけは、誰なのか分かっているということか？

「名前は知らん。だが、土蜘蛛党《つちぐもとう》という盗賊の一味だった男だ」

「土蜘蛛党？」

「歳《とし》、説明してやれ」

浮雲が、土方に視線を向けた。

それを受けた土方は、やれやれという風に、小さく笑みを浮かべたあとに、口を開いた。

「実は、ここに来る前に、少しばかり事件について調べていました。それで、到着が遅れたというわけです」

土方が、淡々とした口調で言う。

そうか。だから、土方は途中から姿を現わしたということか。しかし、問題は土方が何を調べていたか——だ。

「それで、土蜘蛛党というのは？」

「尾張《おわり》あたりで幅を利かせている盗賊です。血も涙もない連中で、盗むだけでなく、平気で殺しもやる外道《げどう》ですよ」

盗むだけでは飽き足らず、人の命まで奪うなど、本当に酷い連中だ。だが——。

「どうして、殺された男が土蜘蛛党と分かったんですか？」

八十八が訊ねると、土方がにいっと笑った。

「土蜘蛛党の連中はね、仲間の目印として、土蜘蛛を象《かたど》った入れ墨を入れているんです」

「土蜘蛛の？」

「ええ。ちょうど、この辺りです」

そう言って、土方は自分の首の後ろの付け根あたりに指で触れる。

つまり、地蔵の前で殺された男は、そこに土蜘蛛の入れ墨があったということか。だから、分かった。

——いや待てよ。

「しかし、死体は首を切られていたんですよね？」

首を切られていたのなら、入れ墨も残っていないはずだ。

「ええ。全部は残っていませんでした。でも、一部は残っていました。特徴的な模様ですからね。それが土蜘蛛党の目印であると突き止めたというわけです」

――なるほど。

全部が残っていなくても、そんなところに入れ墨を入れる人間は、そうそういない。おまけに、模様が特殊だから調べがついたというわけか。

そこで、八十八の頭に一つの考えが浮かんだ。

「もしかして、地蔵の前で殺された男の首が切られていたのは、その入れ墨を隠そうとして――ということですか？」

八十八が訊ねると、土方が嬉しそうに笑ってみせる。

「さすが八十八さん。聡明《そうめい》でいらっしゃる」

お世辞なのだろうが、悪い気はしない。とはいえ、それで全てが分かったとはいえない。

「どうして、土蜘蛛党の一味を、ご主人が殺したことになるのです？」

そこが一番の問題なのだ。

「それについては、あなたが説明して下さい」

そう言って、土方は浮雲に目を向けた。

浮雲は、面倒臭そうに、頭をがりがりとかきつつも「仕方ねぇな」と、口を開く。

「単純な話さ」

「どう単純なんですか?」

「まあ、語るより見てもらった方がいいだろう」

浮雲が言うと、太一郎は全てを承知したように頷き、すっと立ち上がった。そのまま

ゆっくりと背中を向ける。

半分ほど襟に隠れていたが、それでも分かった。

太一郎の首の後ろの付け根には、土蜘蛛の入れ墨が入っていた。

「何と!」

こんなに穏和な顔立ちをした太一郎が、まさか血も涙もない盗賊の一味だったと

は——八十八は驚きと、信じられない気持ちがない交ぜになった。

同時に、解せないこともある。

「なぜ、仲間を殺したりしたのですか?」

八十八が問うと、太一郎は眉を下げ、何とも哀しそうな顔をした。

「殺すつもりはありませんでした……。しかし、他に方法が思い浮かばなかったので

す……」

掠《かす》れた声で、絞り出すようにして言ったあと、太一郎はその場に崩れるように膝を落としてしまった。

触れれば、壊れてしまいそうなほど弱々しく見えた。

「偶々だったんだよ」

浮雲が、ポツリと言った。

「え？」

「元々、こうなる運命だったんです……」

そう言った太一郎の声には、諦めのようなものが滲《にじ》んでいた。

「運命？」

「仰《おっしゃ》る通り、私は土蜘蛛党の一味でした。言い訳になってしまいますが、物心ついた頃には、すでに両親はおらず、物乞いのような生活をしていました」

太一郎は、昔を思い描くように目を細めたあと、さらに続ける。

「そのうち、食うために他人の物を盗むようになりました。他の方法を知らなかったんです」

太一郎はそこまで言って、小さく首を振った。

決して、他人事《ひとごと》ではない。親がなく、ろくに食うこともできず、餓死していく者たちの話はよく聞く。

八十八も、実の両親を亡くしている。呉服屋を営む源太《げんた》に引きとってもらったから良かったようなものの、そうでなければ、親もなく、太一郎と同じように、盗みに手を染め、すさんだ生活をしていたかもしれない。

太一郎は、大きく息を吸い込んでから、話を続ける。

「そんなある日、私は盗みをするためにある家に忍び込みました。しかし、家人に見つかってしまい、逃げ回ることになりました……。そんな私を助けてくれた人がいました……」

「もしかして……」

八十八は、悪い予感とともに口にする。

太一郎は、微《かす》かに笑みを浮かべたあとに、大きく頷いてみせた。

「それが土蜘蛛党の頭領でした」

——やはり。

納得するのと同時に、やりきれない気持ちになった。

「それで、土蜘蛛党に入ったのですか？」

八十八が問うと、太一郎が頷いた。

「もう、それしか生きる道がありませんでした。土蜘蛛党が、殺しをやっていることも知っていました。しかし、私にはどうすることもできませんでした。ただ、見て見ぬふりをするのが精一杯でした」

自分が同じ立場だったらと考える。

一味の行為を止めることなど、到底できなかっただろう。そんなことをすれば、自分が殺されるかもしれないのだ。

八十八は、かける言葉も見当たらず、ただ息を呑んだ。

太一郎は、大きく洟《はな》をすすってから話を続ける。

「そんなある日、ある庄屋に盗みに入ったんですが、頭領に呼び立てられました。そこには、縄で縛られた女子《おんなこ》どもがいました……」

太一郎の拳に力が入り、顔がみるみる紅潮する。

怒りなのか、憎しみなのか、とにかく、憤懣《ふんまん》やるかたない感情が身体の中で渦巻いているようだった。

「それで、どうしたのですか？」

八十八は、おそるおそる訊ねた。

「殺せ――そう言われました」

太一郎の言葉に、八十八は背筋を震わせた。

「そんな……」

「おそらく、頭領は私の心を見透かしていたのでしょう。仲間の証《あかし》の入れ墨を彫ってはいるが、同類になりきれない私の心を……」

太一郎の目に涙が浮かんでいた。

——果たして、ご主人は女子どもを斬ったのか？

知りたい気持ちはあるが、それを口に出して訊ねることができなかった。耳にしてしまったら、大切な何かが奪われそうな気がした。

長い沈黙が流れた。

しばらくして、浮雲が金剛杖を担いで太一郎の顔を覗き込んだ。

「お前は、女子どもを斬れなかった。それで、土蜘蛛党から逃げて来たんだな」

浮雲が言うと、太一郎は「うっ」と喉を詰まらせたような声を出したあと、大きく頷いた。

「私は、そこにあった金を持って、ただひたすらに逃げました。訳も分からず、ただ、ひたすらに逃げたんです——」

「そして、この場所に辿《たど》り着いた」

浮雲が言うと、太一郎は再び頷いた。

「身体はぼろぼろで、気付いたときには、地蔵の前に倒れていました。腹には斬り傷がありました。逃げるときに、斬られていたのでしょう。そんなことも分からないほどに、必死に逃げていたんです……」

太一郎は目を細め、脇腹の辺りに掌《てのひら》を当てた。

八十八の目に、腹から血を流し、息も絶え絶えになっている太一郎の姿が浮かんだ。

「それで、どうなった？」

浮雲が先を促す。

「このまま終わりだと思いました。きっと、私は死ぬのだ――と。そのとき、誰かが私の前に立ったんです。穏和な顔をした人でした。私は、地蔵菩薩だと思いました」

「それが、先代の主人だったんだな」

浮雲が言うと、太一郎は何度も何度も首を縦に振って頷いた。

「先代は、さして事情も訊かずに、傷の手当てをしてくれただけでなく、食事を与えてくれました。それればかりか、行くところがなければ、旅籠を手伝わないか――と」

言い終わるなり、太一郎の目からボロボロと涙が零れ出た。

さっき、太一郎が地蔵菩薩に喩《たと》えたが、本当に地蔵のように慈悲の心を持った人物だったのだろう。

物心ついたときから、すさんだ生活を送ってきた太一郎が初めて触れた優しさだったのかもしれない。

「私は、せめてもの恩返しのつもりで、必死に働きました。先代が亡くなったあとも、せめてこの旅籠を守り抜こうと……」

太一郎が、何度もしゃくり上げながら言った。

「奪った金は、旅籠を営むために使ったんだな」

「はい。先代の恩に報いるためにも……」

「だが、それだけではなかろう？」

浮雲が、金剛杖を肩に担ぎながら訊ねた。

一瞬、驚いた表情を浮かべた太一郎だったが、「そうですね」と応じてから話し始めた。

「絹江《きぬえ》のこともありました」

「絹江？」

八十八が首を傾げると、土方が「女中のことです」と教えてくれた。

「あの女は、先代の娘だな？」

浮雲が問う。

「はい。私のような者が……そう思いましたが……それでも……」

その先は、言わなくても分かる。

おそらく太一郎は、先代の娘である絹江と恋仲になっていたのだろう。

「そんな折、土蜘蛛党の人間が、ここを訪れたのだな」

浮雲の言葉に、太一郎が「はい」と答えた。

──そういうことか。

八十八は、ようやく納得する。浮雲が言っていた「偶々」とは、このことだったのだ。先代の主人に助けられ、全てを忘れ、平穏な生活を送っていた太一郎の前に、かつての仲間、土蜘蛛党が現われた。

それは、本当に偶々だったのだろう。

因果応報といえばそれまでだが、太一郎にとっては、あまりに無残な仕打ちだったに違いない。

「旅籠にやって来たとき、色々と策を講じて誤魔化《ごまか》してみたのですが、奴らは気付いているようでした。そこで、地蔵の前に呼び出し、そして──」

太一郎は、そこで言葉を切った。

何という因果だろう。女子どもを斬れずに、土蜘蛛党を抜けた男が、かつての仲間を斬ることになったのだ。

首を切断したのは、死んだ男の土蜘蛛党の入れ墨から、自分に害が及ぶのではないかと懸念してのことだろう。

本当は、しっかりと入れ墨が分からないようにしておくべきだったのだろうが、焦っていれば、それも上手《うま》くはいかない。

「なぜ、逃げなかったのですか？」

八十八は、身を乗り出すようにして訊ねた。

斬ったあとに、そのまま逃げれば、こうやって浮雲に真実を突き止められることもなかったはずだ。

「私に、この旅籠を捨てろ――と？」

太一郎は、哀しげな目で言った。

――そうか。

先代の主人から引き継いだこの旅籠は、太一郎にとって何ものにも代え難い特別なものなのだ。自らの命を賭《と》してでも、守るべきだと考えたのだろう。

「おじさん、死ぬ気でしょ」

不意に言ったのは、これまで黙っていた宗次郎だった。

その言葉に、八十八は「え？」となる。

「女中だけ逃がして、自分はここで死ぬ気なんだね」

宗次郎は、にこにこと笑いながら言う。

「どういうことです？」

八十八が訊ねると、宗次郎は呆れたようにため息を吐く。

「鈍感だな」

「鈍感？」

「気付いていないのは、あんただけだよ」

「何が？」

「簡単だよ。さっきから、女中の姿がないだろ。もうとっくに逃がしたんだよ」

「浮雲さんが、真相を暴きそうだったから、先に逃がしたってこと？」

八十八が言うと、宗次郎は怪訝《けげん》な表情を浮かべる。

「この人、莫迦なんだね」

酷い言いようだ。よりにもよって莫迦とは——。

「他に、どんな理由があるんだ？」

「話を聞いてなかったの？　さっき、この人は奴ら——って言ってたんだよ。つまり、この旅籠にやって来た土蜘蛛党は、一人じゃなかった」

「一人じゃない？」

「そう。でも、死体は一つだった。つまり、まとめて殺そうとしたのに、逃がしちゃったんだよ」

「ああ、そうか……」

八十八は、納得して手を打った。

「まだ、分かってないようだね」

宗次郎が、ほとほと困ったという風に、ため息を吐く。

「いや、分かっているよ」

「分かってないね」

「どうして？」

「土蜘蛛党の連中が、ただ逃げただけだと思う？」

「それは……」

八十八にも、ようやく宗次郎の言わんとしていることが分かってきた。

それと同時に、胸の内にもやもやとした嫌な感覚が広がっていく。

「土蜘蛛党の連中は、裏切り者を始末するために、ここにやってくるんだよ。だから、この人は一人でそれを迎え撃とうとしているんだ」

宗次郎が、太一郎を指差した。

それが分かっていたから、太一郎は先代の娘を逃がした。もし、一緒に逃げれば、娘にまで害が及ぶ。自分がここで斬られることで、決着をつけようとしているのだろう。

「そんなの駄目です！」

八十八は、思わず叫んだ。

しかし、太一郎の態度は落ち着いたものだった。

「いいんです。私は、こうするより他にありません。本当なら、とっくに死んでいる身ですから」

「いや、でも……」

言いかけた八十八の言葉を、浮雲が制した。

「おいでなすった」

浮雲の一言で、背筋がぞくっとした。おそらく、土蜘蛛党の連中が、この旅籠にやって来たということだろう。

土方が、障子を勢いよく開け放つ。

外の闇の中には、十人ほどの男たちが蠢《うごめ》いていた——。

八

——拙《まず》い。

浮雲や土方が、いくら強いとはいっても、相手は十人もいる。多勢に無勢。さすがに分《ぶ》が悪い。

しかも、現われたのが土蜘蛛党の連中ならば一筋縄ではいかないだろう。

それが証拠に、十人の男たちは各々に刀や小太刀を抜き、殺気に満ちた気配を漂わせている。

血に飢えた狼《おおかみ》の群れに囲まれたようなものだ。

「浮雲さん」

八十八が声をかけると、浮雲はいかにも楽しそうに、にいっと笑ってみせた。

この表情——闘う気だ。

これだけの人数を相手に、どうにかなるとでも思っているのだろうか？　もし、そうだとしたら、過信以外の何物でもない。

——無茶です。

そう言おうとしたが、それより先に、太一郎が裸足《はだし》のまま庭に飛び出した。

「あなた方が欲しているのは、私の首でしょう？　好きなようにして下さい。ただ、ここにいる方々には、手出しは無用です」

太一郎は、これまでの弱々しい姿とは打って変わって、堂々とした態度だった。

覚悟を決めているのだろう。

これまでの自らの過ちを、今この場で斬られることで、清算しようとしているに違いない。

「駄目です！」

思わず言ってはみたものの、八十八などがしゃしゃり出たところで、斬り捨てられるのが落ちだ。

しかし、太一郎が斬られるのを、黙って見ていることもできない。

八十八が、一歩踏み出そうとしたところで、浮雲にぐいっと腕を引っ張られた。

「なっ、何をするんですか？」

「いいから座れ」

「え？」

「座れと言っているんだ」

そう言うと、浮雲は縁側にどっかとあぐらをかいて腰を落ち着けた。

浮雲も、勝てないと悟り、死ぬ覚悟を決めたのだろうか？　いや、それにしては、あまりに呑気《のんき》な振る舞いだ。

「いったい、何を考えているんですか？」

「見物だよ」

浮雲は、さらりと言うと、瓢の酒を盃に注ぐ。

「は？」

「だから、見物をするんだよ。面白いものが見られるぜ」

浮雲はからからと、声を上げて笑った。

気でもおかしくなったか？　と思ったが、意外なことに、土方も腕組みをしてあぐらをかき、薄い笑みを浮かべている。

二人揃って、太一郎が斬られるところを見物するつもりか？

そこまで薄情な男たちだとは、露《つゆ》ほども思っていなかった。八十八は、落胆のあまり肩を落としつつ、太一郎たちの方に目をやった。

「金はどうした？」

そう訊ねながら、一人の男が太一郎の前に歩み出た。

他の男たちより頭一つ大きく、恰幅《かっぷく》がいい。身体が大きいだけではなく、他を威圧する禍々しい空気を纏っていた。

おそらく、この男が土蜘蛛党の頭領だろう。

「幾らかは使いましたが、残りは地蔵の下に埋めてあります」

太一郎が言った。

「やけに素直じゃねぇか」

「もう、生きる気がありませんから。金は好きなようにして構いません。ですから、どうか、旅籠の客人には手を出さないで下さい」

太一郎が、深々と頭を下げる。

その姿を見て、頭領の男が笑った。背筋がぞっとするような、冷酷な笑みだった。

「できねぇな」

頭領が言い放つ。

「え？」

「ここにいる連中は、皆殺しだ。何せ顔を見られちまったからな」

頭領は、そう言いながら刀を構えた。

太一郎は為《な》す術《すべ》なく、固く目を閉じる。そもそも、取引に応じるような相手ではなかったのだ。

八十八は、駆け出そうとしたが、またもや浮雲に着物の帯を摑まれ、ぐいっと引っ張られた。

そのままストンと、縁側の上に腰を落とす。

「放して下さい！　黙って見ていることなどできません！」

「いいから見てろ！　お前が行けば邪魔になる」

立ち上がろうとする八十八を、浮雲が一喝《いっかつ》した。

――いったい何を考えているんだ？

そう思った矢先、人影がもの凄い速さで太一郎に駆け寄り、「邪魔！」と大喝《だいかつ》しながら、その背中を蹴倒した。

太一郎に代わり、頭領の前に立ったのは、宗次郎だった。

「なっ！」

八十八は、驚きのあまり顎が外れるかと思った。

「ねぇねぇ、おじさんたち。ぼくと勝負しようよ」

宗次郎は、木刀を片手に、楽しそうにぴょんぴょん跳ねている。

——無謀にも程がある。

確かに、八十八は地蔵の前で宗次郎にあっさりとやられた。だが、それは相手が自分であったからだ。

宗次郎は、多少は強いのかもしれないが、盗賊を十人も相手に勝てるはずがない。おまけに向こうは真剣、宗次郎は木刀なのだ。

「小童《こわっぱ》が。死にたいか？」

頭領が、凄んでみせるが、宗次郎はまるで動じない。

「死ぬのは嫌だ」

「だったら、さっさと逃げろ」

「何を言ってんのさ。さっき、皆殺しにするって言ってたじゃんか。逃げたって殺すつもりだろ」

宗次郎は、にこにこしながら言う。

この状況において、まるで緊張感がない。もしかしたら、宗次郎こそ莫迦なのかもしれない。

「このままでは、宗次郎が……」

八十八は必死に訴えるが、浮雲は無視を決め込み、盃の酒をぐいっと呑む。

何という人だ。宗次郎が斬られるのを見物するつもりだ。苛立《いらだ》ちが頂点に達したところで、土方に声をかけられた。

「八十八さん。安心して下さい。宗次郎なら大丈夫ですよ」

土方は、そう言うが、八十八には何がどう大丈夫なのか、さっぱり分からない。

多少は剣の心得があるのかもしれないが、宗次郎は八十八より三つか四つは下の子どもだ。どうにかなる状況ではない。

「来ないなら、こっちから行くよ」

八十八の心配を余所《よそ》に、宗次郎が言った。

一瞬の静寂のあと、宗次郎が動いた。

いや、正確には宗次郎の太刀筋は見えなかった。ただ、頭領の持っていた刀が、弾《はじ》け飛び、頭領は右手を押さえて蹲《うずくま》った。

「電光石火の小手《こて》だ。さすがに速いな」

浮雲が、盃の酒を呑みながら言う。

その説明を受け、ようやくどういうことであったのかが分かった。

土蜘蛛党の連中は、呆気《あっけ》に取られていて、誰一人として動くことができなかった。

「殺せ！」

頭領が、右手を押さえたまま立ち上がり叫んだ。

その声は怒りに満ちていた。年端もいかぬ子どもにやられたことで、烈火の如く怒っているのだ。

土蜘蛛党の男たちは、その叫びを合図に、わっと宗次郎に襲いかかった。

「危ない！」

八十八は、叫ぶことしかできなかった。

が――それは、いらぬ心配だった。

宗次郎は、最初に斬りかかってきた男の喉元に突きを入れると、返す刀で、右から襲いかかってきた男の胴を薙《な》ぎ、左から襲いかかってきた男を、逆袈裟《ぎやくげさ》に打ち上げた。

三人が、同時に倒れた。

あまりのことに、土蜘蛛党の男たちは、刀を持ったまま後退りを始めた。

しかし、宗次郎は容赦がなかった。

一気に距離を詰めると、手近にいた男の小手を打ち付け、そのまま鳩尾に突きを差し込む。

さらに、右側にいた男を袈裟懸けに打ち下ろし、返す刀でもう一人の男の喉元を突いた。

あっという間に、六人の男たちが倒れてしまった。

「えぇい！」

一人の男が、宗次郎の背後に回り込み、上段から斬りつける。

――後ろからとは卑怯な！

しかし、宗次郎は、まるで背中に目が付いているかのように、難なくその斬撃《ざんげき》を躱《かわ》すと、男と正対してにいっと笑ってみせた。

「不意打ちをするなら、声なんか出したら駄目だよ」

宗次郎が楽しそうに言う。

「ぬっ……」

「剣の持ち方もなってないな。少し稽古をつけてあげるよ」

宗次郎は、男の持っている刀を、横から薙ぐように弾いた。

男の手から、刀が落ちる。

「ほらね。ちゃんと持ってないから、この程度で落としちゃうでしょ」

宗次郎は笑っている。

それに反して、男の顔は凍り付いていた。

「それから、踏み込みが甘いね。腰も引けてる」

宗次郎は言葉に合わせて、男の脛《すね》を打ち、腰を打ち付けた。

八十八は、その姿を信じられない思いで見守った。どうやら、宗次郎は、この状況で、本当に稽古をつけているらしい。

堪らず跪《ひざまず》いた男の前に、宗次郎が立つ。

「持ち手が駄目だと、斬るときにちゃんと力が伝わらない。いい？　持つときは、こう」

宗次郎は、男に分かるように自分の持ち手を見せる。

そのまま木刀を振り上げ、綺麗な弧を描きながら、男の肩に打ち下ろした。

男は、パタリと倒れて動かなくなった。

あと二人残っていたのだが、宗次郎の鬼神《きしん》の如き闘いぶりを見てか、真剣を持った相手と闘っている最中に、稽古をし始める異常さを見てか分からないが、刀を投げ捨てて逃げ出していった。

「す、凄い……」

八十八は、ただただ呆気に取られた。

浮雲も、土方も、宗次郎の人間離れした強さを知っていたから、こうやって見物を決め込んだのだろう。

それにしても、地蔵の前で会ったとき、本当に殺されなくて良かったと今更のようにほっとした。

だが、その安堵《あんど》もつかの間、頭領の男が刀を持って宗次郎の前に立ちふさがった。

「このガキ！」

頭領が吠《ほ》える。

「逃げなかったんだね。さすが頭領」

宗次郎が笑顔で答える。

「さっきは油断した。今度は、本気で行くぞ」

頭領が冷たい視線を向けながら、すっと刀を構える。

言葉の通り、さっきまでの油断はない。本気で宗次郎と斬り合う気だ。

ところが、当の宗次郎は声を上げて笑う。

「悪いけど、おじさんは勝てないよ」

「何？」

「さっき打たれた手が、まだ痛いでしょ。構えが全然駄目だ」

宗次郎が、からっと言う。

八十八には、さっきより気迫がみなぎっているように見えるが、宗次郎にとってはそうではないらしい。

「黙れ！　お前を斬る！」

頭領が、腹の底から叫ぶ。

「その意気に免じて、少しだけ手加減してあげるよ」

宗次郎は、そう言うと自らが持っていた木刀を捨てた。

いくら何でも、木刀を捨てるなど、愚の骨頂だ。素手で真剣に勝てるはずがない。

「莫迦にしやがって！　おれは、容赦はせんぞ！」

頭領が、大きく踏み込みながら、渾身《こんしん》の突きを繰り出す。

しかし――それは宗次郎には当たらなかった。

宗次郎は、くるりと身体を回転させながらそれを躱すと、頭領の懐に潜り込み、刀を持った腕を摑んだ。

何をする気だ？　八十八が考えている間に、宗次郎は頭領の巨体を軽々と投げ捨ててしまった。

仰向《あおむ》けに倒れ、頭を打った頭領は、それきり動かなくなった。

「天然理心流《てんねんりしんりゅう》には、体術もあるんだよね」

そう言って、宗次郎は楽しそうに笑った。

これだけのことをやって尚《なお》、笑っていられるとは、そら恐ろしい。八十八は、宗次郎の姿に戦慄した。

九

「片付いたな」

宗次郎の暴れっぷりを見届けたあと、浮雲はゆっくりと立ち上がり、庭に出た。

八十八もそのあとに続く。

浮雲は、未《いま》だ倒れたまま放心している太一郎の前に歩み寄ると、その手を取って助け起こした。

「お前の女房は、大した女だ」

浮雲は、太一郎を見てしみじみとした口調で言った。

――急に何を言い出すんだ？

八十八は困惑したが、その答えはすぐに見つかった。

暗闇の中から、絹江が姿を現わしたのだ。

太一郎に言われて一度は逃げたものの、思い直して戻ってきたといったところだろう。

「絹江」

太一郎は絹江に駆け寄り、その身体を強く抱き締める。

彼らを苦しめた呪縛は解かれた。

「これからは、二人で平穏に暮らせますね」

八十八が口にすると、浮雲が首を左右に振りながらため息を吐いた。

「莫迦を言うな。太一郎は、悪党とはいえ、土蜘蛛党の男を殺しているんだ」

言われて「あっ！」となる。

どんな理由をつけようと、太一郎が人を殺した事実は変わらない。だが――。

「何とか誤魔化せませんか?」

八十八は懇願するように問う。

「いくら、おれたちが隠そうとも、こいつらが喋っちまうだろうよ」

浮雲が地面に転がっている男たちを指差した。

彼らは、宗次郎にやられて気を失っているものの生きている。全員、お縄にかかることになるだろう。

その詮議《せんぎ》の中で、太一郎のことが明るみに出ることは確実だ。口封じに、彼らを全員殺すわけにもいかない。

「そんな……」

「良いのです――」

八十八の言葉を遮るように、太一郎が言った。

絹江から離れ、こちらに向かって歩み寄ってくる。その目は、覚悟を決めているようだった。

「しかし……」

「私は、素直にお縄を頂戴します。それが、因果というものです」

太一郎が言うと、浮雲がふっと笑った。

「そう急くな」

「え？」

「おれたちは、この悪党たちに縄をかけるので手一杯だ。頼りの八王子千人同心も、あの状態だからな」

浮雲が、部屋の中で眠っている林太郎に目を向けた。

太一郎は浮雲の意図が分からないらしく、困惑している。

「つまり、今逃げても、追いかける気力がないってことさ」

浮雲はそう言って、微かに笑みを浮かべた。

「でも、それでは……」

ようやく意図を察した太一郎だったが、迷った顔をしている。

「昔の罪なら、もう償ったさ」

「旅籠を潰すことになってしまいます」

「残っても、旅籠は潰れるだろう。それより、絹江を守った方が、先代も喜ぶとは思わんか？」

「私は……」

「いいから早く行け。土蜘蛛党の他の奴らがしつこく追ってくるかもしれない。それに、絹江の腹には、子がいるのだろう。その子を、お前と同じ親なしにするつもりか？」

浮雲の最後の一言が、太一郎の心を変えたようだ。

太一郎は、何度も何度も頭を下げながら、絹江の手を取って闇の中に消えていった。

「どうしてお腹《なか》に子どもがいると、分かったのですか？」

八十八が訊ねると、浮雲はがりがりと頭を掻いた。

「絹江は体調が優れないと言っていただろ。医者を呼んでいる風でもなかったし、まあ、そうだろうという感じだ」

「なるほど」

確か、食事も太一郎が作っていると言っていた。

本当に細かいところをよく見ている——と感心した八十八だったが、一つだけ解決していない問題に行き当たった。

「お冨さんも、ご主人が殺したんですか？」

もし、そうだとしたら、殺した理由がさっぱり分からない。

「阿呆が」

浮雲が吐き捨てる。

「え？」

「お冨を殺したのは、こいつらだよ」

そう言って、浮雲は転がっている土蜘蛛党の連中を指差した。

「何でまたそんなことを……」

「お富は、毎夜地蔵を拝みに来ていた。そこで、運悪く旅籠に乗り込もうとしていたこいつらと、出会《でくわ》しちまったってとこだ」

「そうでしたか……」

それは、運が悪かったとしか言いようがない。

もしかしたら、土蜘蛛党の連中は、じっくりと旅籠を見張りながら、復讐の機会を窺っていたのかもしれない。

それが、お富と出会したことで、事態が急変したのだろう。

浮雲は、それが分かっていたから、旅籠に取って返して、林太郎を連れて来させたといったところか――。

「何にしても、これで一件落着だ」

浮雲が、大きく伸びをしながら言った。

「本当にそうでしょうか？」

八十八は、ポツリと口にした。

「何がだ？」

「ご主人と絹江さんは、無事に逃げ果《おお》せるでしょうか？」

それが心配だった。

身重の絹江にとっては、過酷な旅になるだろう。土蜘蛛党の残党や、御上《おかみ》に追われることになるかもしれないのだ。

「心配すんな。何とかなるさ」

「気楽なんですね」

「地蔵菩薩がついている」

「ああ」

八十八は、納得の声を上げた。

あの地蔵菩薩は、無限の慈悲で人を守るのと同時に、道祖神としての意味合いもある。

きっと二人を安息の地に導いてくれるだろう——。

そう思うと、首のない地蔵が、何とも優しげに思えた。

菩薩の理

UKIKUMO
SHINREI-KITAN
BOSATSU NO KOTOWARI

序

おぎゃぁ――。

遠くで赤子の声がした。

忠助《ただすけ》は、微《かす》かに目を開けた。

暗闇が広がっていた。夜が明けるまでには、まだまだ時間がある。

隣近所の赤子が、泣いているのだろう。

忠助は再び眠りにつこうと、目を閉じて寝返りをうった。

江戸から帰ったあとは、疲れもあってぐっすり眠れるのだが、今夜はどうにも寝付きが悪い。

眠くないわけではないのだが、目を閉じても、あれこれと考えてしまい、頭の中がやけに冴《さ》えてしまって、どうにもならない。

――嫌なものを見たからなぁ。

忠助は内心で呟《つぶや》いた。

忘れているつもりではあるが、やはりあの光景が脳裏を過《よぎ》る。

これまで、色々と見て来たつもりではあったが、あんなにも嫌なものは見たことがない。目にした瞬間、虫酸《むしず》が走り、嘔吐《おうと》しそうになったほどだ。

が、これもまた因果だ。

忠助は、ふうっと息を吐いて頭の中に浮かんだ光景を振り払った。

あんなものを思い出しても、何にもならない。忘れてしまえばそれで仕舞《しま》いだ。

おぎゃぁ――。

相変わらず、赤子の泣き声は続いている。

さっきより近くに感じる。

本当にうるさい。舌打ちをした忠助だったが、ふと違和を覚え、再び目を開ける。

忠助の住んでいる周囲には、それなりに家はあるが、赤子を抱えている家は一軒もなかったはずだ。

それなのに――。

どうして？

おぎゃぁ――と赤子の声がするのだ？

火が付いたように泣く赤子の声。

これは、どうにも尋常ならざることであるような気がした。

風が吹き、雨戸をかたかたと揺らす。

おぎゃぁ――。

赤子の泣き声は続いている。

もしや、誰かが軒先に赤子を捨てていったのかもしれない。

忠助は起き上がり、外を見に行こうとした。

だが、どういうわけか身体《からだ》が動かなかった。何かが、身体の上にのしかかっている。

そんな感じだった。

おぎゃぁ――。

赤子が泣いている。

――いったい、どうしたというのだ?

忠助が、考えを巡らせながら、首だけを動かして壁に目を向けると、木目の一部が、ぐにゃりと歪《ゆが》んだ。

目眩《めまい》かと思ったが、そうではなかった。

その歪みは、次第に形を成し、気付いたときには、人の顔になっていた。

顔を真っ赤にして泣いている。

赤子の顔だ――。

あまりのことに、忠助は悲鳴を上げようとしたが、喉が詰まって声が出なかった。

そうこうしているうちに、別の木目も、ぐにゃっと歪んだ。

そして、また赤子の顔になった。

壁に浮かんだ赤子の顔は、どんどん増えていき、瞬《またた》く間に十を超える赤子の顔になった。

みな、泣いていた。

おぎゃぁ、おぎゃぁ――。

忠助の耳に届く赤子の泣き声も、いつの間にか、一つではなくなっていた。

蛙《かえる》が一斉に鳴くように、おぎゃぁ、おぎゃぁ――と数多《あまた》の泣き声が重なり合い、とてつもない音量で忠助の鼓膜を揺さぶる。

やがて、顔だけでなく、壁から赤子の小さな手が、ぬるっと突き出てきた。

その手を動かし、まるで母親の胎内から這《は》い出るように、赤子たちが壁からわらわらと姿を現わした。

――止《よ》せ！　来るな！

忠助は、そう念じるのがやっとだった。

おぎゃぁ――。

壁から湧き出てきた赤子は、ずるずると床を這いながら、忠助の身体の上に乗ってくる。

その重みで、忠助は息ができなくなった。

おぎゃぁ――。

赤子の泣き声を聞きながら、忠助は意識を失った。

一

「お世話になりました――」

八十八《やそはち》は、深々と頭を下げた。

林太郎《りんたろう》の家の前である。

首なし地蔵の一件が終わったあと、四谷《よつや》まで帰るには遅い時間だということで、八王子《はちおうじ》にある林太郎の家に、一晩厄介になることになった。

朝になり、これから出立《しゅったつ》する。見送りに現われたのは、林太郎の妻のみつだ。

林太郎は、意識は取り戻したものの、昨日の今日だ。まだ、まともに動くことはできない。

「こちらこそ、大変お世話になりました。お陰様で、助かりました」

みつが、丁寧に頭を下げる。

助かった──と言っているのは、夫の林太郎のことだ。

八王子千人同心《せんにんどうしん》の一人である林太郎は、幽霊に憑依《ひょうい》されてしまった。八十八たちは、それを祓《はら》う為《ため》に、八王子まで足を運んだというわけだ。

「いえいえ。私は、何もしておりません」

八十八がそう応じると、隣に立っていた浮雲《うきくも》が「ふん」と鼻を鳴らして笑った。

「まったくだ。お前は何もしてねぇ」

吐き捨てるように浮雲が言った。

言い方は気に入らないが、事実だから文句の言いようがない。

浮雲は、両眼《りょうめ》を覆い隠すように赤い布を巻いている。おまけに、その布には、墨で眼が描かれている。

一見すると盲人のようだが、実際はそうではない。

浮雲の双眸《そうぼう》は、まるで血のように鮮やかな赤い色をしている。のみならず、その赤い瞳は、死者の魂──つまり幽霊を見ることができるのだ。

林太郎に憑依していた幽霊を祓ったのは、その浮雲で、八十八はただ見ていただけだ。

「役立たずですみません」

八十八は、肩をすぼめながら、ぺこりと頭を下げる。

「いえ。そのようなことは……。お二方《ふたかた》のお陰です」

みつが、頭《かぶり》を振る。そこに嫌みはない。素直に感謝の意を表わしている。本当に礼儀正しく、品のある女だ。弟の宗次郎《そうじろう》とは大違いだ――。

「宗次郎。あなたも、ご挨拶をしなさい」

みつは家の奥に向かって声を上げた。

林太郎の一件で、八王子を訪れた八十八たちを迎えに来たのが、みつの弟の宗次郎なのだが、そのとき、八十八はいきなり竹刀《しない》で突かれ、散々な目に遭った。

年齢《とし》は、十二、三でありながら、たった一人で盗賊たちを圧倒してしまうのだから、剣の腕は、鬼神《きしん》の如《ごと》くだが、何せ生意気だ。

「宗次郎」

いつまでも返事がないことに、業を煮やしてみつが再び声を上げたが、やはり何の返事もなかった。

みつが「本当にすみません――」と詫《わ》びる。

正直、宗次郎が来なくて良かったと思う。ここで顔を合わせれば、もう一悶着《ひともんちゃく》ありそうだ。

「いいさ。また、そのうち会うことにもなるだろう」

浮雲は、そう言うと金剛杖《こんごうづえ》を突いて歩き出した。八十八も、そのあとに続く。

と——何歩も行かぬうちに「お待ち下さい！」という声が響いた。

目を向けると、血相を変えて、こちらに向かってくる男の姿が見えた。年齢の頃は、二十歳《はたち》くらいだろうか。ほっそりとした顔立ちをした、小柄な男だった。

男は、八十八たちの前まで駆け寄ると、何かを喋《しゃべ》ろうとしたが、息が乱れて思うように声が出なかった。

——誰だろう？　浮雲さんの知っている人だろうか？

八十八が見やると、浮雲は怪訝《けげん》な表情を浮かべている。浮雲も知らない男のようだが、この男は、明らかに自分たちに声をかけてきた。

しばらくして男がようやく喋れるようになった。

「憑《つ》きもの落としの先生というのは、どなたでしょうか？」

男は、荒い息のまま問いかけてくる。

「こいつだ」

浮雲は、しれっと八十八を指差した。

「ちょっと待って下さい。私ではありません。憑きもの落としは、この人です」

八十八は、慌てて一歩退《ひ》き、浮雲を指し示す。

男は、困惑しながら、八十八と浮雲の顔を交互に見ている。

浮雲は、ふざけているつもりなのだろうが、知った人ならまだしも、初対面の人が相手では、冗談にもならない。

「この人が、憑きもの落としの浮雲さんです」

八十八は改めて口にした。浮雲は、何が気に入らないのか、舌打ちを返してきた。

「余計なことを……」

「何が余計なことなんですか。問われたことに答えただけです」

「それが余計なんだよ。どうなっても、知らねぇぞ」

浮雲は、赤い布に描かれた眼で、じろりと八十八を睨《にら》んだ。実際の眼より、絵に描かれた眼の方が、怖く見えてしまうから不思議だ。

男は、困惑しながらも、浮雲に目を向ける。

「あの……どうか……どうか、私を助けて下さい！」

男は、そう言うなり、その場に頭をこすり付けるように土下座した。

こんな風に土下座をされたのでは、どうしていいのか分からなくなる。一方の浮雲は冷静だった。

「知っている男か？」

浮雲は、みつに問う。

「はい。隣の村に住んでいる忠助さんです」

みつのお陰で、男の名は分かった。だが、問題は、忠助という男が、なぜこんなに血相を変えて走って来たのか——だ。

しかも土下座までしている。

「あの、もしお話があるようでしたら中で——」

みつが、そう言って促した。

ここで忠助の土下座を眺めていたところで、何も始まらない。みつの言う通り、中に入って詳しい話を聞いた方が良さそうだ。

「浮雲さん」

八十八が浮雲に目を向けると、仕方ないな——という風に、ため息混じりに頷《うなず》いた。

二

かくして、八十八たちは、林太郎の家に戻ることとなった——。

浮雲は、片膝を立て、壁に寄りかかるようにして座りながら、盃《さかずき》の酒をちびちびと呑《の》んでいる。

みつの姿もある。

みんなに向かって一人座った忠助は語り出した。

さっきまでの慌てぶりと打って変わって、淡々とした口調で、自らの身の上に起きた心霊現象を仔細《しさい》に話す。

「恐ろしい――」

忠助の話を聞き終えた八十八は、思わず口にした。

それが、八十八の率直な感想だった。

夜になると、忠助の耳に、赤子の泣き声が聞こえるのだという。のみならず、赤子が自分の身体に這いのぼってくるのだとも――。

忠助の話で、何より恐ろしいのは、その数だ。

赤子は一人だけでない。

幾人もいるのだ。

重なりあったその泣き声は、恐ろしいの一言に尽きる。

そればかりか、壁から赤子がわらわらと湧き出てきて、泣き声を上げながら忠助の身体にすがりついてくるという。

想像しただけで鳥肌が立ち、背筋がぞくぞくっと寒くなった。

「何とか、助けてもらえないでしょうか?」

忠助は目に涙を浮かべながら、浮雲に懇願した。

浮雲は、まるで忠助の声が聞こえていないかのように、ぼんやりとした表情で、盃の酒を啜《すす》っている。

あまりやる気が起きていないようだ。

だが、忠助の怯《おび》え方は尋常ではない。こんな状態の忠助を、そのままにしておくことはできない。

「浮雲さん。助けてあげましょう」

八十八は、浮雲に声をかける。

「簡単に言うな。頼みたいなら、出すものがあるだろうが」

浮雲は、冷ややかに言った。

金の話が出ないから、やる気が起きないということらしい。分かってはいたことだが、浮雲は根っからの守銭奴《しゅせんど》なのだ。

「いかほど……必要なんでしょうか？」

忠助が探るような視線を、浮雲に向ける。

浮雲は、尖《とが》った顎に手をやりながら、にいっと笑みを浮かべてみせた。

「そうさな……十両」

「じゅ、十両！」

忠助が、目を剝《む》いた。

詳しいことは分からないが、この反応からして、忠助は十両もの大金をぽんと出せるほど裕福ではないはずだ。

「嫌なら、さっさと帰ればいい」

浮雲がひらひらと手を振る。

忠助が、ぐうっと唸《うな》る。

おそらく、頭の中で、金の算段をしているのだろう。払えるか否《いな》かもあるが、霊を祓うことが、その金に見合うのかという計算もしているのかもしれない。

「じゅ、十両でしたら何とか……」

長い沈黙のあと、忠助が絞り出すように言った。

「いいだろう。前金《まえきん》で十両。ことが成ったあとは、もう十両だ」

浮雲がさらりと言った。

「なっ！」

「何だ？　不満か？」

「いや、しかし、さきほどは十両と……」

「ああ。言った。だから、それは前金だと言っている」

「そんな……」

忠助が途方に暮れた顔をする。

「金を出さないなら、お前はこの先も、赤子の霊と暮らすことになる」

「…………」

「今は、まとわりつく程度で済んでいるが、ずっとそうだとは限らない」

「ど、どういうことですか？」

「だからさ。この先のことは保証できんと言っている。赤子の霊が、何をしでかすか、おれにも想像がつかん。果たして、どんな結果になるかな」

浮雲が不敵な笑みを浮かべる。

忠助は、すっかり怯えてしまったらしく、視線が泳いでいる。

「どうにかなりませんか？」

「どうにかして欲しいんだったら、金を出すんだな」

浮雲が、すっと手を差し出す。

「し、しかし……十両ならまだしも、二十両となると……」

「出せないなら、それまでだ。赤子の霊に囲まれながら——死ねばいい」

浮雲の言葉を聞き、忠助の身体がびくっと硬直した。

何という阿漕《あこぎ》な男だ。人の弱みにつけ込み、足許《あしもと》を見るように金額を吊《つ》り上げる。おまけに、脅しのような言い回しまでしている。

口では何だかんだ言いながら、情に厚い人間だと思っていたが、がっかりだ。

「いい加減にして下さい！」

八十八は、立ち上がりながら声を上げた。

「うるせぇな」

浮雲は、耳に指を突っ込む。

「何なんですか！　困っている人を目の前にして、あなたは何とも思わないんですか？」

「困っていようが、困っていまいが、金がなきゃ、商売は成り立たないんだよ」

「そうかもしれません。でも、それだけでは計れないこともあるはずです」

「綺麗事《きれいごと》を言うんじゃねぇ。情だけで、ほいほい仕事をしていたら、そのうちおれは飢え死にしちまう」

浮雲の言い分は尤《もつと》もだ。

仕事をするのだから、それに見合った報酬を受け取ることは、至極当然のことだ。しかし、世の中はそれだけではないはずだ。

「救える力があるのに、金がなければ、何もしないというのですか？」

「そうだ」

「浮雲さんは、そんな薄情な人間だったんですか？」

「薄情だと？　お前のようなぼんぼんが、偉そうに言ってんじゃねぇ」

「違います！」

そんな風に言われるのは心外だ。

「笑わせるな。呉服屋の倅《せがれ》として育ち、何不自由なく暮らしてきたんだろうが」

「それは……」

否定はできない。

出自はともかく、八十八は、呉服屋の倅として、贅沢《ぜいたく》ではないが、食うのに困らない暮らしをしてきたのは事実だ。

「おまけに、親に飯を食わせてもらいながら、好きな絵まで描かせてもらってる。それを、ぼんぼんと言わず、何と言う」

浮雲の言葉が、八十八の胸の奥深くに突き刺さった。

八十八は、絵師を志しているが、まだ一度も自分の絵が金になったことはない。それでも、食べていけている。

それは、とても贅沢なことなのだと、今更のように思い知らされた。

「おれは金を貰《もら》えば仕事する。貰えないのなら、何もしない。それだけのことだ」

「私は……」

「そんな風に、綺麗事ばかりで現実を見てねぇから、いつまで経《た》っても、絵が上達しねえんだよ」

「………」

言い返せない。

これまで、同じようなことを、何度か言われている。「影がない」「力がない」と。自分に足りないものを突きつけられたようで、心が苦しくなった。

「さあ。どうする？　金がねぇなら、さっさと帰れ」

浮雲が、虫を払うように手を振った。

「何とか十両で……。姉を弔う金が必要なんです」

忠助がおずおずと言う。

「お前の事情なんざ、知ったこっちゃねぇ」

浮雲が言い放った言葉で、八十八の中にある怒りが、かっと膨れ上がった。

ぼんぼんと蔑《さげす》まれようと、甘いと罵《ののし》られようと、やはり八十八には、目の前で困っている人を見捨てることはできない。

何より、何だかんだ言いながら情に厚いと思っていた浮雲から発せられた言葉に、幻滅させられた。

「見損ないました」

八十八は、浮雲を睨み付けるようにして言った。

だが、その程度で動じるような浮雲ではない。平然と薄い笑みを浮かべている。

「ほう。だったらどうする？」

浮雲の挑発的な物言いに、八十八の中の怒りは、さらに勢いを増した。

が、またも返す言葉が見つからない。

浮雲を睨んだまま、ぎりぎりと歯を軋《きし》ませることしかできなかった。

「…………」

「文句があるなら、お前が祓ってみろ」

浮雲の放ったその一言が、八十八の中にあった何かをぷつりと切った。

「分かりました。そうします」

八十八は、怒りに任せて口にした。

「ほう。祓えるのか？」

「何とかしてみせます！　忠助さん。私を案内して下さい」

八十八は、そう告げると、忠助の返事を待たずに部屋をあとにした。

三

八十八は、忠助の家の前まで足を運んだ――。

林太郎の家から、そう離れていない街道沿いに、その家はひっそりと建っていた。かなり古い造りの家だ。

「あの……本当に大丈夫なのでしょうか？」

忠助が、不安げな表情を浮かべながら訊《たず》ねてきた。

「あ、はい」

と答えはしたものの、八十八の心の内は、全然大丈夫ではなかった。

ここまで来たのは、ただの勢いだ。浮雲に対する、当てつけのようなもので、何か手立てがあるわけではない。

八十八は、浮雲のように幽霊が見えるわけではないし、霊能力が備わっているわけでもない。

ただ、絵を描くことが好きなだけの、呉服屋の倅だ。

それが分かっていながら、あんなことを口走り、ここまで足を運んだのは、心のどこかで、浮雲が「仕方ねぇな」と後を追ってくるだろうという考えがあったからだ。

だが、浮雲は来なかった。

こんなことを期待していること自体、ぼんぼんだと言われる所以《ゆえん》なのかもしれない。

とはいえ、一度言い出した以上、尻尾《しっぽ》を巻いて逃げるわけにはいかない。覚悟を決めなければならない。

「とにかく入りましょう」

八十八は、自らを奮い立たせるように言った。

何もできない八十八ではあるが、これまでただ黙って浮雲の憑きもの落としを見ていたわけではない。

浮雲の憑きもの落としの方法は、他とは少しばかり異なる。

お札《ふだ》を貼ったり、経文《きようもん》を唱えたりして霊を祓うのではなく、幽霊が彷徨《さまよ》っている原因を見つけ出し、それを取り除くという独特の手法だ。

それにより、様々な心霊現象を解決して来た経緯がある。

つまり、幽霊がどこにいて、なぜ彷徨っているのかを突き止めることができれば、幽霊を祓うことができるはずだ。

「どうぞ」

忠助に促されて、家の中に足を踏み入れた。

カタカタッ——。

乾いた木材がぶつかり合うような音がした。

振り返ってみると、街道を歩き去って行く男の姿が見えた。簞笥《たんす》のような大きな笈《おい》を背に負い、歩いている。八王子へ来るとき、茶屋で見かけた男かもしれない。

さっきの音は、あの男が立てたものだろう。赤子の霊の話を聞いたばかりなので、少々神経が逆立っていたかもしれない。

「どうかしたんですか?」

忠助に問われ、八十八は「いいえ」と気を取り直して、家の中を見回した。

入ってすぐ土間があり、そこには棚が設《しつら》えられていて、作りかけの仏像と思《おぼ》しきものが並んでいた。

奥には、材料となる木材が積み上げられている。

「仏像を彫っているのですね」

八十八が言うと、忠助が苦笑いを浮かべた。

「父の仕事を継いだんです。といっても、私のような若輩者だと、まだまだまともに仕事にはなっていませんがね」

呟くような忠助の声が、八十八の胸に響いた。

これまで、他人がどんな暮らしをしているのかなど、あまり考えたこともなかった。

浮雲が指摘した通り、八十八は、黙っていても飯を食うのに困ることはない。だが、世の中には、そうでない人がたくさんいる。

身を粉《こ》にして働いても、飢え死にしてしまうことが、多々あるのだ。だから、自分の子どもを売ったり、捨てたりする親が跡を絶たない。

そう考えると、八十八の置かれている状況は、実に恵まれたものなのだろう。

「どうしました？」

あまりに、八十八がぼうっとしているのを不審に思ったらしく、忠助が声をかけてきた。

「あっ、すみません。あの、幽霊が出た部屋はどこですか？」

八十八は、そんな気分を断ち切るように、声を張って言った。

忠助に案内され、奥の部屋に通された。

幽霊が出た部屋と思っているせいか、肌にまとわりつくような、じっとりとした空気が充満しているような気がした。

六畳ほどの広さで、部屋の隅には、畳んだ布団が置かれていた。壁際には木箱が置かれていて、その上に骨壺《こつつぼ》と位牌《いはい》があった。

「あれは？」

八十八は、骨壺と位牌に目をやる。

もしかしたら、あれは赤子のものかもしれない。そうだとすれば、幽霊が出る原因は、あの骨壺と位牌ということになる。

忠助の表情が、一気に曇った。

「あれは、姉です」

「お姉さん？」

「ええ。私には姉がいましてね。母親が早くに逝《い》ってしまいましたから、姉が私を育ててくれたようなものです」

忠助は、昔を懐かしむように目を細めた。

その表情からして、とても温かい思い出に満ちているのだろう。

「私も同じです」

八十八は、自分の姉のお小夜《さよ》を思い浮かべながら口にした。

「同じ？」

「ええ。私も、姉に育てられました。今でも、姉に甘えてばかりで……」

八十八は、そこまで口にして、慌てて言葉を呑み込んだ。

忠助の表情に影が差したからだ。話を聞いていれば、容易に分かることだ。忠助は骨壺と位牌を見て「姉です」と言った。つまり、忠助の姉は、もうこの世にはいないのだ。

忠助には、もう甘える相手がいない。そういう気遣いができないところも、八十八がぼんぼんだと罵られる一因なのかもしれない。

しばらく、重い沈黙が流れた。

「八年ほど前に、父親も病で倒れましてね……」

忠助が、沈黙を振り払うように語り出した。

「はい」

「姉が江戸の商人《あきんど》の家に奉公に出ることになったんです」

「そうですか」

「姉は、奉公しながら、金を送ってくれていたんです。私は、それで何とか食い繋《つな》ぎながら、病の父から仕事を教わったんです。そんな父も、すぐに逝ってしまいました。それからは、一人で生きていけるように、とにかく必死でした……」

「さぞや、苦しかったでしょう」

八十八は、本心から口にした。

「いえ。私なんかより、姉の方が、よっぽど苦しかったと思います。結局、苦労が祟《たた》って、この様《ざま》ですから……」

忠助は、骨壺と位牌に目をやった。

潤んだ目に、哀《かな》しさと寂しさ、それにやり切れない思いが滲《にじ》んでいた。

「病気だったのですか？」

「そう聞いています。いきなり、奉公先の商家から骨壺と位牌が届けられて、はいそれまで――ですよ」

「そんな！」

八十八は、驚きの声を上げた。

何があったのかは分からないが、あまりに酷《ひど》い扱いのような気がする。

「もう、いいんです……終わったことですから……」

忠助が小さく笑った。

本当は、納得できないことがたくさんあるのだろう。だが、それを口に出すことなく、じっと耐えている。

我慢強く、根の優しい男に違いない。

色々と言いたいことはあるが、忠助がこう言っている以上、八十八が立ち入るべきではないような気がした。

そういえば、浮雲との話の中で、姉を弔う金が必要――と言っていたのを思い出した。それには、こういった事情があったようだ。

益々《ますます》、忠助のことを、何とか助けてやりたいという気になった。

「赤子の声は、どの辺りから聞こえてくるのですか？」

八十八は、気持ちを切り替えてから訊ねた。

「あの壁の向こうからです」

忠助は、位牌があるのとは、反対側の壁を指差した。

板張りの壁だ。八十八は、顔を近付け、じっと壁を見つめる。木目の模様が、何となく人の顔に見えるような気がした。

「影の具合で、赤子の顔に見えたということは？」

八十八が訊ねると、忠助の顔に僅《わず》かではあるが、苛立《いらだ》ちが滲んだ。自分が体験した心霊現象を、疑われていると思ったのだろう。

「そうだと決めつけているわけではありません。ただ、確かめておきたいだけです」

八十八は、慌てて言い添える。

「確かに、あれは赤子の顔でした。手だって生えてたんだ。それに、見間違いだとしたら、泣き声はどうなるんです？　私の身体にまとわりついてきた赤子たちは？」

矢継ぎ早に言われ、八十八は「うっ」と唸った。

確かに、忠助の言う通りである。ただ、赤子の姿を見ただけではない。その前に、泣き声も耳にしているし、壁から這い出て来てもいるのだ。

「そうですね。そうでしたね」

八十八は、何度も頷いて答える。

改めて部屋を見回した八十八は、柱の脇に妙な物が置いてあるのに気付いた。風呂敷包みだった。何か細長い物が包まれているようだ。

「これは、何ですか？」

八十八が訊ねると、忠助は首を左右に振った。

「中身は知りません」

「知らない？」

「ええ。預かったものですから……」

「誰から預かったのですか？」

「旅の人です。雨が降った日に、困っていたので、一晩部屋を貸したんです。そのとき、帰りに立ち寄るので、それまで預かって欲しいと渡されました」

「なるほど」

「勝手に中を開けるわけにもいかず、かといって、捨てるのもあれなので……」

それはそうだ。

預かっただけの物を、勝手に検《あらた》めるのはどうかと思うし、捨てるなんてもっての外《ほか》だ。取りに戻るまで、そのままにしておくしかないだろう。

「そうでしたか。それで……壁の向こうは何があるんですか？」

八十八は、改めて壁に目を向ける。

壁自体は特に変わったところはない。そうなると、部屋の外に何か原因があるのかもしれない。

壁から、赤子が這い出て来るように見えるのは、そのせいかもしれないと考えた。が、忠助の答えは芳《かんば》しいものではなかった。

「何もありません」

「一応、見てもいいですか？」

八十八は、忠助にそう告げてから、一旦家を出て外に回り、赤子が這い出て来る壁の裏側に立った。

すぐ脇には、大きな柿の木が立っていて、青い実が枝にぶら下がっていた。あと少しで美味《うま》い柿が食べられるだろう。

考えが、心霊現象とは全く違う方向に行ってしまった。

「それで、どうします？」

忠助が訊ねてきた。

「今晩、ここに泊めて頂いてもよろしいですか？」

八十八は、そう申し出た。

飯にありつこうというわけではない。赤子の幽霊が出る夜までこの家で待ち、その真偽を確かめようという考えだ。

四

囲炉裏《いろり》の火が爆《は》ぜる——。

八十八は、じっとその火を見つめていた。

忠助はもう眠っている。そういう刻限だ。八十八は、囲炉裏の前で、怪異が起こるのを待っていた。

びゅうっと風が吹き付け、カタカタッと板戸を鳴らす。

本音を言えば怖い。できれば、一人でこんなことはしたくない。だが、一度口に出してしまった以上、途中で引き返すわけにはいかない。

どこまでできるか分からないが、自分でやれるところまでやるしかないのだ。

何だか、忠助を助けたいというより、これでは、浮雲に意地を張っているだけのような気がしてきた。

八十八は、自嘲気味に笑みを浮かべ、頭にある考えを振り払った。

浮雲のことを気にしていても、何も始まらない。今は、気持ちを切り替えよう。

どれくらい時間が経ったのだろう。

遠くで、何かが聞こえた。

最初は風の音だろうと思っていた。

が、それにしては少し妙だ。

八十八は、音の正体を突き止めようと、耳に意識を集中させ、じっと息を潜める。

おぎゃぁ――。

赤子の泣き声が、はっきりと八十八の耳に届いた。

八十八は、ばっと立ち上がり、辺りを見回す。しかし、赤子の姿など、どこにも見えない。

外からであったような気もするし、部屋の中からであるような感じもする。

おぎゃぁ――。

また、泣き声がした。

次第にその泣き声は近付いて来ているような気がする。

おぎゃぁ、おぎゃぁ――。

相変わらず赤子の泣き声は続いている。

のみならず、最初は一つであった泣き声が、二つに増えたようだ。

おぎゃぁ、おぎゃぁ、おぎゃぁ――。

今度は三つになった。いや、四つだったかもしれない。などと考えているうちに、赤子の泣き声は、どんどん増えていく。

幾つもの泣き声が重なり合い、大波のように八十八に押し寄せてくる。

八十八は、恐ろしさのあまり両耳を塞いで座り込んでしまった。

耳を塞いでいるはずなのに――。

おぎゃぁ、おぎゃぁ――。

泣き声は、容赦なく八十八の耳に響く。

なぜだ？　どうして、耳を塞いでいるのに、赤子の泣き声は聞こえるのだ。

「ひゃぁ！」

忠助の悲鳴がした。

八十八は、気持ちを奮い起こして立ち上がると、忠助が寝ている部屋の戸に手をかけた。

　が、そこで動きが止まった。

　悲鳴が聞こえたのだから、放《ほう》っておくわけにはいかない。それは分かっているのだが、恐怖が勝り、八十八の動きを止めていた。

「た、助けてくれぇ！」

　八十八を急《せ》かすように、忠助の声が響いた。

　それにより、八十八の身体を縛っていた恐怖が、一瞬だけ解けた。

「大丈夫ですか！」

　八十八は、そう言いながら勢いよく戸を開け、部屋に入った。

「！」

　目の前に広がる光景に、八十八は息が止まった。

　そこには、赤子がいた。

　一人ではない。

　十人を超える赤子が、部屋一面に転がっていた。

　よちよち歩いている赤子もいれば、這っている赤子もいる。ただ、寝転んでいるだけの赤子も――。

　忠助は、部屋の隅で頭を抱えて蹲《うずくま》っていた。

「来るな……来るな……来るな……」

怯えた声で、そう繰り返している。

何とか助けようとした八十八だったが、ざわざわと蠢《うごめ》く赤子の群れを見て、身体が固まってしまっていた。

これほどまでとは、思いも寄らなかった。

八十八は、再び恐怖に縛られ、動けなくなってしまった。

足ががたがたと震える。

息が詰まり、目眩がした。

八十八の足に、ぴとっ——と何か冷たいものが触れた。

それが何であるか、察しはついていた。できれば、見たくない。そう思ったのだが、思いとは関係なく、目が引き寄せられるように下を向く。

「ああ……」

——やっぱりそうだ。

八十八の足を、赤子の小さな手が摑《つか》んでいた。

その赤子は、おぎゃぁ——と泣きながら、八十八の足を這い上がろうとしている。

赤子の目が真《ま》っ直《す》ぐに八十八に向けられる。

怒りや憎しみではない。何かを渇望するような、強い意志のこもった目だった。

足を引いて逃げようとしたが、どうにも身体が動かない。

血の気が引いた。

視界が霞《かす》み、意識が段々と遠のいていく。

やはり、自分などが中途半端に首を突っ込むべきではなかった。

——もう駄目だ。

そう思ったとき、何か強い力に引っ張られて、八十八は部屋から引き摺《ず》り出された。

体勢を崩し、その場に尻餅《しりもち》をつく。

何事か——と視線を上げると、そこには一人の男が立っていた。

「まったく。世話の焼ける阿呆《あほう》だ」

浮雲だった——。

「う、浮雲さん」

八十八の胸を支配していた恐怖が、浮雲の登場により、一気に霧散した。

浮雲には、そうさせるだけの力がある。

「さっさと家を出ろ」

浮雲が、戸口を指差しながら言った。

こんな恐ろしい場所からは、一刻も早く離れたい。だが、そうするわけにはいかない。

「忠助さんが、まだ中に……」

八十八が告げる。

「分かっている。おれに任せろ」

浮雲の頼もしい言葉を聞き、八十八は大きく頷いた。

八十八は、そのままくるりと踵《きびす》を返して忠助の家から逃げ出した。

少し離れたところで足を止め、忠助の家に目を向ける。

あれほど耳障りだった赤子の声は、もう聞こえない。月の明かりに照らされて、忠助の家が佇《たたず》んでいるだけだった。

静寂にほっとした八十八だったが、時が経つにつれ、不安が頭をもたげる。

——浮雲と忠助はどうなったのか？

もしかしたら、浮雲をもってしても、対処できないような事態が起きたのかもしれない。

家に戻るべきかもしれない——そう思った矢先、開け放たれた戸口から、浮雲が姿を現わした。

肩には忠助を担いでいる。

「浮雲さん」

八十八が駆け寄ると、浮雲は忠助を地べたに寝かせた。

「大丈夫なのですか？」

「気を失っているだけだ」

浮雲は、そう言って赤い双眸を細めた。

――良かった。本当に良かった。

八十八は、安堵《あんど》のあまり、その場にしゃがみ込んでしまった。

が、すぐに後悔の念が押し寄せてきた。

浮雲に反発して、自分勝手に動き回った結果がこれだ。合わせる顔がない。

「すみません……」

八十八は、地面に言葉を落とした。

「謝るくらいなら、つまらん意地を張るな」

脳天に、浮雲の拳骨《げんこつ》が落ちた――。

五

翌日、八十八は改めて忠助の家の前に立った。

昨晩の一件のあと、気絶している忠助を抱え、一度林太郎の家に戻った。

夜が明けると同時に、八十八と忠助は、浮雲に連れられて、再び忠助の家に足を運ぶことになったのだ。

昨日見たときとは、明らかに家の様相が違っている気がする。

外見が——ということではなく、忠助の家が放つ気配が、これまでと違っているような気がした。

おそらくそれは、受け取る八十八側の恐怖故《ゆえ》だろう。

思い出しただけで、足が震える。

これまで、浮雲について歩き、様々な怪異を体験してきて、ある程度は慣れているつもりだった。それでも、部屋の中に、わらわらと這い出した赤子の群れは、恐ろしかった。

忠助も、真っ青な顔で自分の家を見つめている。

「行くぞ——」

浮雲は、そう告げると、迷うことなく家に向かって歩いていく。

「ちょ、ちょっと待って下さい」

八十八は、慌てて浮雲の着物の袂《たもと》を摑んだ。

「何だ？」

浮雲が面倒臭そうに振り返る。

両眼を隠すように巻いた赤い布に描かれた眼が、ぎろりと八十八を睨む。

「だ、大丈夫なのですか？」

八十八は、震える喉に意識を集中させながら問う。

昨日の今日だ。夜が明けたとはいえ、中に入るなり、また、あの赤子の群れを目にすることになるのではと思うと、それだけで背筋がぞくぞくと寒くなった。

「知らん」

浮雲が一蹴《いっしゅう》する。

「そ、そんな無責任な……」

「何が無責任だ。大丈夫かどうかは、行ってみなければ分からねぇだろうが」

「そ、それはそうですが……」

八十八は怖さのあまり、目頭がじわっと熱くなった。

また、あの赤子の群れを目にするのは、本当に嫌だ。

「幽霊を祓ってみせると言ったのは、どこのどいつだ？」

浮雲が問いかけてくる。

「私です……」

八十八は、肩を落としながら答える。

「だったら覚悟を決めろ。いいか、幽霊を祓うということは、こちらにも危険が伴うことなんだ。生半可《なまはんか》な覚悟でできることじゃねぇんだよ」

浮雲の言葉が、八十八の心に突き刺さった。

――そうだったのか。

八十八は、これまで浮雲をただの守銭奴だと思っていた。

だが、そうではない。

幽霊を祓う為に、浮雲は自らの身を危険に晒《さら》しているのだ。だからこそ、依頼する側に見返りを求める。

単に金ということだけでなく、依頼主に覚悟としての金額を提示しているのだ。

それを、八十八は、昨日、まるで庭に生《な》っている柿を一つくれ――くらいの調子で憑きもの落としをすることを要求したのだ。

命をかけるということは、そんなに容易《たやす》いことではない。

今更、謝ったところで、何にもならない。だとしたら、せめて浮雲の言う通り、覚悟を決めるしかない。

「分かりました」

八十八は、息を呑んでから答えると、浮雲は満足そうな笑みを浮かべた。

そのまま浮雲と一緒に忠助の家に向かう。忠助も、そのあとをついてくる。

開け放たれたままの戸口を潜《くぐ》り、中に足を踏み入れる。

浮雲は、そのまま赤子が蠢いていた部屋に向かう。

赤子の姿は――なかった。

ほっと胸を撫《な》で下ろした八十八だったが、改めて気を引き締めた。

今、見えていないだけで、赤子の霊は、まだこの部屋にいるかもしれないのだ。

浮雲は、赤子が湧き出てきた壁に歩み寄ると、そのまま、鼻先がつくほどに、ずいっと顔を近付ける。

「赤子が湧いてきたのは、この壁だな？」

浮雲が訊ねると、忠助が「はい」と応じた。

しばらく、じっと壁を見つめていた浮雲だったが、やがて柱の近くにある風呂敷包みに気付き、その前に屈《かが》み込んだ。

「忠助。この風呂敷包みは、お前の物か？」

浮雲が問う。

「いえ。違います」

忠助は、部屋の外から覗《のぞ》き込むようにして答えた。

恐ろしくて、中には入れないのだろう。

「違う？　では、誰の物だ？」

「預かったんです……」

忠助は、八十八にしたのと同じ説明を浮雲にする。

浮雲は尖った顎に手をやり、「うーん」と唸ったあと、何か思い付いたらしく、はっと顔を上げた。

「その旅の者は、どんな人物だ？」

浮雲が、布に描かれた眼を、忠助に向けながら問う。

「詳しくは分かりませんが、大きな荷物を持っていたので、行商人だと思います」

「他には？」

「小柄な男でした」

「それから？」

「身なりは襤褸《ぼろ》でしたが、恵比寿《えびす》顔で、とても人懐《ひとなつ》こい男でした」

「名は？」

「聞いておりません」

浮雲は、「嫌な予感がする」と、呟くように言ったあと、風呂敷包みをするすると解《ほど》き始めた。

「勝手にいいのですか？」

八十八が咎《とが》めたが、浮雲は聞く耳持たずだった。

浮雲が風呂敷を開くと、中から札銀箱《さつぎんばこ》ほどの大きさの木箱が出てきた。箱には、紐《ひも》がかかっている。

「これは何です？」

八十八が問うと、浮雲は「見ていれば分かる」とだけ告げ、箱にかかっている紐を解き、ゆっくりと蓋を外した。

「こ、これは……」

八十八は思わず声を上げる。

中には、金色に輝く仏像が収まっていた。菩薩《ぼさつ》像だ。

浮雲が仏像を手に取る。

「見事ですね」

そう口にしたのは、忠助だった。

忠助は仏像が金でできていることに驚いたのではなく、仏像自体の出来映えに感嘆したのだろう。

浮雲は、菩薩の臭《にお》いを嗅いだり、軽く振ったりする。そんなことをして、何が分かるのだろう？

八十八のそんな思いとは裏腹に、浮雲は「そういうことか……」と呟く。

「何か分かったのですか？」

八十八が訊ねると、浮雲は、長いため息を吐《つ》いた。

「まさか、こんなところで、道摩法師《どうまほうし》の子孫の作品を目にすることになるとはな……」

浮雲がぼやく。

もう、何もかもが分かってしまったかのような口ぶりだが、八十八はまったくもって置いてけぼりだ。

「道摩法師とは誰です？」

「大昔の陰陽師《おんみようじ》さ」

陰陽師は、古代中国の陰陽《いんよう》五行説《ごぎようせつ》に基づいて天文暦数を司《つかさど》り、呪術を行う者たちだ。

「どうして、陰陽師が出てくるのですか？」

「思っていたより、はるかに厄介ってことだ」

全然、説明になっていない。

「どういうことですか？」

八十八が更に問いかけたが、浮雲は返事をすることなく、墨で描かれた眼を忠助に向けた。

「おい。忠助。お前、まだ隠し事をしているな」

その圧倒的な迫力に、忠助は逃げるように後退《あとずさ》りをした。

「な、何も隠してはおりません……」

「お前が真実を話さないのなら、赤子地獄は、延々とお前にまとわりつくぞ――」

浮雲の脅し文句に屈するように、忠助は膝を落として座り込んだ。

「い、いや、私は何も……」

必死に否定しているが、忠助が何かを隠していることは明白だった。

六

「ふぅ」

浮雲が根城にしている神社の社《やしろ》に辿《たど》り着いたときには、もう夕刻になっていた。八十八は、思わずため息を吐く。

不思議だった。雑草が生い茂り、傾きかけた社の中だというのに、何だかほっとした。八王子から、ここまで歩き通しだったので、疲れたというのもあるが、それだけではないだろう。

知らぬ土地というのは、思いのほか神経が磨《す》り減るものだ。まして、あの赤子の群れを見たのだ。平然としていられる方がおかしい。

「あの……これから、どうすれば？」

そう口にしたのは忠助だった。

荷物を背負子《しょいこ》で背負い、所在なげに突っ立っている。

忠助の背中の荷は、姉の遺骨と位牌。それに、旅の行商人が置いていった例の仏像の入った木箱である。

「そう急くな。まずは座れ」

浮雲は忠助にそう言うと、瓢《ひさご》の酒を盃に注ぎ、ぐいっと一息に呑み干した。

着物の袖で口許を拭い、ぷはーっと熱い息を吐いた。

忠助は、困惑した表情を見せながらも、背負子を下ろして、その場に腰を落ち着けた。

が、その視線は浮雲の次の言葉を待っている。

それは八十八も同じだ。

忠助の家を検分した浮雲は、一度林太郎の家に顔を出し、妻のみつに何やら言伝《ことづて》をすると、そのまま「江戸に帰るぞ」と、歩き出したのだ。

心霊現象が起きたのは、八王子の忠助の家であるにもかかわらず、なぜ江戸に帰って来たのか？　それがどうにも解《げ》せない。

「これから、どうするつもりですか？」

八十八は改めて浮雲に問う。

「まずは、待つのさ」

浮雲はそれが当然のことだといった口ぶりだ。

「何を待つのですか？　そもそも、待っていて、何か解決するのですか？」

八十八は矢継ぎ早に訊ねた。

忠助を何とかしてやりたいという気持ちもあるが、このままでは、またあの赤子の群れを見ることになるかもしれないという恐怖もあった。

「だから、そう急くな。此度《こたび》の一件は、ただ解決すればいいという問題ではない」

浮雲は、ぼさぼさの頭をがりがりとかく。

「どういうことです？」

「言葉のままだ」

「全然、分かりません」

「威張《いば》るんじゃねぇよ」

浮雲が舌打ちをする。

別に威張っているつもりはないが、分からないものは、分からないのだ。こんな状態では、背中を虫が這っているようにむずむずとして、どうにも落ち着かない。

八十八が、そのことを言い募ると、浮雲はこれみよがしに、長いため息を吐いた。

「まったく。うるせぇ野郎だ。いいか。あそこに現われた幽霊は、赤子のものだ」

「はい」

八十八は頷く。

それは間違いない。あれは、どこからどう見ても、赤子の霊だった。

「赤子ってのは、大人のように、複雑な感情で動いているわけじゃない」

「と、言いますと？」

「赤子にあるのは眠いとか、腹が減ったとか、そうした単純な欲求だけなんだよ」

「それが理《ことわり》ですか？」

「まあ、そんなところだ」

言われてみれば、そうかもしれない。

赤子は、自分たちのように、身分も、世間体も関係ない。恋もしていなければ、仲間意識もないだろう。

腹が減ったら乳を吸い、眠くなったら眠り、欲求が叶《かな》えられなければ泣くのだ。

「そんな、赤子の霊をどうやって祓うのです？」

八十八が訊ねると、浮雲は我が意を得たりとばかりに、大きく頷いた。

「そこが厄介なのさ。言葉が通じないから、説得することもままならない。そんな連中を祓うのは、容易ではないってことだ」

浮雲は、盃の酒を呷《あお》る。

ふと目をやると、忠助が戸惑った顔をしている。

今のやり取りを聞いて、不安が膨らんだのだろう。このまま、赤子の霊につきまとわれることを思い巡らし、恐怖に駆られているのかもしれない。

「何とかならないのですか？」

八十八が、ずいっと身を乗り出す。

「誰も、できないとは言っていない。難しいと言っただけだ」

浮雲は、あくびを噛《か》み殺しながら言うと、そのままごろんと横になってしまった。

「ちょっと、何してるんですか？」

「寝るに決まってるだろう」

「この一大事に、何を呑気《のんき》なことを言っているんです？　お前たちも、適当に休んでおけ」

「休むことも大事だ。今日の夜は、長くなる。

浮雲は、寝返りを打ち、八十八たちに背中を向けてしまった。

八十八も忠助も、ただ唖然《あぜん》とするばかりだった。

「心配には及びません。浮雲さんは、こんな風に振る舞っていますが、きっと何とかしてくれます」

気休めにしかならないと分かっていながら、八十八は取り繕うように言った。

忠助は「はぁ」と気の抜けた返事をして肩を落とした。

「あの……お姉さんは、どんな方だったんですか？」

八十八は、間をつなぐつもりで訊ねた。

忠助は、いきなりの問いに、少し面食らった顔をしていたが、やがてふっと表情を緩めて口を開いた。

「控えめで、物静かな人でした。辛《つら》いことがあっても、苦しいことがあっても、それを顔に出すことはありませんでした」

「強い人だったんですね」

「そうでしょうか？」

「え？」

「もし、色々と話をしてくれる人だったら、もっと違う結果になっていたかもしれませんね」

忠助は、ぐっと拳に力を込め、僅かに俯《うつむ》いた。

——似ている。

八十八は、忠助の姉に会ったことはない。だが、こうして辛いことを呑み込んでしまうところは、姉弟《きょうだい》でよく似ているような気がした。

「私は……」

八十八の言葉を遮るように、社の格子戸が開いた。

顔を出したのは、土方歳三《ひじかたとしぞう》だった。薬の行商人で、八十八に浮雲を紹介してくれた人物でもある。

背丈が高く、細面《ほそおもて》でなかなかの美男子だ。いつも、穏やかな笑みを浮かべている。

だが——。

土方はどこか得体の知れないところがある。

笑みは浮かべているが、その奥底では、もっと別の感情を抱いているのでは——と思うことが何度もあった。

それだけではなく、薬の行商人でありながら、剣の腕が滅法《めっぽう》強いのだ。

「土方さん」

「八十八さんもお出《い》ででしたか」

「はい。土方さんは、どうしてここに？」

「呼ばれたんですよ。その男に——」

そう言って、土方は浮雲に目を向けた。

浮雲は、その視線を察したかのように、ゆっくりと身体を起こした。

「言伝は聞いたようだな」

浮雲が、ボリボリと首筋などをかきながら言う。

みつに託した言伝は、土方に向けたものであったらしい。

「ええ」

「それで、調べるのにどれくらいかかる？」

浮雲が問うと、土方は小さく笑った。

「調べる必要はありません。頼まれた件でしたら、すでに私も聞き及んでいることですから」

「なるほど。で、どうなんだ?」

浮雲が問うと、土方はすっと身を寄せて、浮雲に何やら耳打ちする。

八十八は耳をそばだててみたが、何を言っているのか、はっきりと聞き取ることはできなかった。

土方の話を聞き終えた浮雲は、ゆらりと立ち上がる。

こうやって浮雲が立ち上がったということは、おそらく謎が解けたということなのだろう。

「さて、少しばかり仕掛けをするか」

浮雲は、そう言ってにやりと笑った。

「それは構いませんが、噂《うわさ》に聞く、あの男がかかわっているかもしれないのですよね」

土方がぽつりと言った。

普段から、飄々《ひょうひょう》としている土方にしては、珍しく弱気とも思える言葉の調子だ。

「ああ」

「そうなると、一筋縄では行きませんよ」

「分かっている。だが、放っておくこともできんだろう。それに、どういう男か、確かめてもみたい」

浮雲が言うと、土方はふっと笑みを漏らした。

「そうですね。確かに、興味はあります」

八十八は、二人のやり取りを、ただ呆然《ぼうぜん》と眺めていた。

意味は分からないが、何やらとてつもないことが起こる――そんな予感が胸の中で渦巻いた。

七

八十八は、忠助と並んで座っていた――。

光葉屋《みつばや》という商家の屋敷の一室である。忠助の姉が奉公していたのが、この光葉屋だ。

「それで何のご用です？」

口を開いたのは、主人である茂兵衛《もへえ》だ。

丸顔で、一見すると、いかにも人が好《よ》さそうな人物だった。

忠助は口を引き結んで俯き、何も言おうとはしない。姉のこともあり、色々と思うところがあるのだろう。

「実は、少しお訊《き》きしたいことがありまして……」

仕方なく、八十八がそう切り出した。

「あなたは？」

茂兵衛が問いかけてくる。

「申し遅れました。私は、呉服屋の倅で八十八といいます」

「左様《さよう》ですか。それでご用件は？」

「ここにいる忠助さんとは、古い友人でして、色々と相談を受けていたというわけです。それで、忠助さんのお姉さんのことについて、幾つかお伺いしたいことがあります」

八十八が、予《あらかじ》め用意していた返答を口にする。

「何でしょう？」

茂兵衛が、細い目をより一層、細めた。

茂兵衛に何を訊ねるかは、事前に浮雲から指示を受けている。それが、何を意味するのかは分からないが、事件を解決する糸口になるはずだ。

何か根拠があってそう思うわけではない。だが、今まで、浮雲はそうやって事件を解決してきた。

「忠助さんのお姉さんの働きぶりは、どうだったのでしょう？」

八十八は、まずそれを問う。

「気立てがよくて、しっかりと働いてくれていましたよ」

「それで、亡くなった理由は何ですか？」

八十八は、わずかに身を乗り出しながら訊ねた。

「肺の病だと医者は言っていました」

茂兵衛が答える。

「どこのお医者様に、診《み》せられたのですか？」

「町山《まちやま》診療所です。すぐそこにありますよ」

茂兵衛は、顎を振るようにして、西の方角を指し示した。

「そうですか。あとで、確かめに行かせてもらいます」

八十八は、そう言いながら真っ直ぐに茂兵衛に目を向け、その表情の変化を観察した。

「どうぞお好きに」

茂兵衛は、表情を変えることなく、そう告げた。

特にやましいことはなさそうだ。

「あと、もう一つ——」

八十八は、咳払《せきばら》いをしてから言う。

これまでの問いは、前座のようなものだ。本題は、これから——。

「何です？」

「この家に、赤子はいますか？」

八十八が問うと、茂兵衛の表情に、さっと影が差した。

「おります」

茂兵衛が答える。

「それは、お内儀《ないぎ》との間の子ども――ということですね」

「左様です」

茂兵衛の言葉の通り、楽しそうにはしゃぐ子どもの声が聞こえる。

「かなり子だくさんのようですね」

「ええ。五人おります。一番上は、十歳になりましたかね。末っ子は昨年生まれましてね」

「子どもはそれだけですか？」

八十八が、さらに問うと、茂兵衛の表情が険しいものになった。

「と、言いますと？」

「この家では、子を預かっていると聞きました」

八十八は、静かに告げる。

一瞬、沈黙があった。

「確かに、うちの女房は、よく乳が出ます。ですから、乳母《うば》として他の家の子を預かったりもしています」

「そうですか――」

「それが何か？」

「いえ。何も。ただ、妙な噂を聞きました」

「噂？」

「はい。ここに預けた子が、よく死ぬ——と」

八十八が、そう言うと、茂兵衛の顔が、一気に怒りに染まった。

「言いがかりだ」

口調が荒くなる。

「でしょうね。私も、そう思います。でも、どうしても引っかかるんですよ」

「何が？」

「忠助さんのお姉さんは、本当に病で亡くなったのでしょうか？」

「さっきから、何を言っている！」

茂兵衛は、叫ぶようにして言うと、さっと立ち上がった。

「いえ、私たちは何も……。ただ、この家で行われている例の件について、証《あかし》を手にしております」

八十八は、できるだけ平静を装いながら口にした。

いかにも万事承知しているといった感じで振る舞っているが、実際はこの家で何が行われているのか、皆目《かいもく》知らないし、証が何なのかも分からない。

浮雲に指示された通りに喋っているに過ぎない。

「どういう意味だ？」

茂兵衛が、ぎろりと睨む。

「それは、光葉屋さんがよくご存じかと」

「…………」

「もし、詳しい話をしたければ、この先にある宿に泊まっておりますので、是非、お越し下さい」

八十八は、そこまで言ったところで、意味深長な笑みを浮かべてみせた。

本当は意味なんてない。浮雲に、そう振る舞えと指示されたから、そうしているだけだ。

「話すことなど何もない」

茂兵衛が突っぱねる。

「承知致しました。では、私たちはこれで——」

立ち上がりかけたところで、八十八は「そうだ」と、あたかも今し方思い出したような声を上げげた。

「これを、お返ししようと思いまして」

八十八は、風呂敷包みを茂兵衛に差し出した。

「何だこれは？」

茂兵衛が怪訝な顔をする。

「忠助さんのお姉さんの遺骨と位牌が届けられた際に、こちらも入っていました。しかし、忠助さんには全く覚えが御座《ござ》いません。もしや、光葉屋さんの物が、間違って届けられたのでは――と思いまして」

八十八が説明している間に、茂兵衛は風呂敷包みを開き、中身を確かめる。

平静を装ってはいるが、箱の中に収まっている黄金の菩薩像を目にした瞬間、茂兵衛は欲に眩《くら》んだ目をした。

「これは、うちの物かもしれんな。頂いておこう」

茂兵衛は、笑みを堪《こら》えながら言う。

「では、これで。宿にてお待ちしております」

八十八と忠助は、深々と頭を下げてから光葉屋を出た――。

光葉屋を出ると、外に知っている顔が待っていた。土方だった。

「土方さん。どうしてここに？」

「例の如く、あの男に頼まれたんですよ」

「ここで待っているように――ですか？」

「ええ。まあ、正しくは、中で話された内容を、教えてもらう為です」

土方は、目を細めながら言った。

そういうことかと納得しつつ、八十八は茂兵衛の家で話したことを、仔細に土方に聞かせた。

「なるほど。分かりました。では、私はこれで――」

話を終えるなり、土方はその場を立ち去ろうとする。八十八は「待って下さい」と、慌てて呼び止めた。

「何でしょう？」

「浮雲さんは、どうしたんですか？」

ここで待っているのは、てっきり浮雲だと思っていた。それに、この先、どうするのか聞かされていない。

「ああ。あの男なら、今頃準備で駆け回っているはずです。八十八さんたちは、宿で待てとのことでしたよ」

土方は言い終わるなり、走るような速さで、歩いて行ってしまった。

毎度のことだが、浮雲にしても、土方にしても、何を考えているのかさっぱり分からない。

振り回される方は、堪《たま》ったものではないが、文句を言ったところで、何も変わらないだろう。

八十八は、ため息混じりに忠助と顔を見合わせた。

八

犬の遠吠《とおぼ》えが聞こえる。

行灯《あんどん》の薄明かりが、風でゆらゆらと揺れていた。

宿の一室で浮雲が来るのを待っているうちに、夜も更けてしまった。

「いつになったら、来るんでしょうね」

八十八は、呟くように言いながら忠助に目を向けた。

「ええ」

小さく頷いた忠助は、大事そうに背負子の荷物を自分の脇に置いている。中には、忠助の姉の遺骨と位牌が入っている。

あれから、何の音沙汰もないまま、時間だけが過ぎていく。このまま、朝になってしまうのではないか――そんな風に思った矢先、「失礼します」と声がかかり、すっと障子が開いた。

そこに立っていたのは、伊織《いおり》だった。

「い、伊織さん！」

八十八は、驚きとともに立ち上がった。

伊織は、八十八に目を向け、にっこりと笑ってみせる。その柔らかい笑みを目にして、八十八の中のこれまでの緊張が、一気に解け出していくようだった。

「浮雲さんから、八十八さんがこちらの宿にいらっしゃると聞きましたので」

「そうでしたか……。でも、どうしてわざわざ？」

八十八には、それが分からなかった。

「実は、八十八さんをお守りするように、浮雲さんから頼まれたんです」

八十八は、思わず「え？」と声を上げた。

浮雲が、伊織をわざわざ護衛に付けたということは、これから何か危険なことが起こると踏んでいるということだ。

「なぜ、そのようなことに……」

「私も詳しいことは知りません。でも、八十八さんに危険があるのであれば、放ってはおくことはできません」

伊織が力強い口調で言った。

自分のような者を、少なからず思ってくれる伊織の気持ちは嬉《うれ》しいが、武家の娘とはいえ、何度も女に守られるということに、情けなさを感じる。

八十八は、ここでようやくきょとんとしている忠助に気付き、慌てて伊織のことを説明した。

伊織が、武家の娘だと聞き、忠助はたいそう驚いた。

それも当然だ。こうやって、武家の娘が、分け隔てなく町人と話をするなど、そうそうあるものではない。

「それで、今回はどのような一件なのですか？」

落ち着いたところで、伊織が改まった口調で訊ねてきた。

毎度のことではあるが、浮雲は伊織にちゃんと事情を話していないらしい。八十八は「実は――」と話し始めた。

ただ、今回の一件を分かってもらう為には、首なし地蔵の一件まで遡る必要があった。

「それは、大変な目に遭いましたね」

八十八が話を終えると、伊織が慨嘆の声を上げた。

「ええ。それはもう」

「沖田《おきた》さんにも会ったのですね」

「はい。伊織さんは、宗次郎を知っているのですか？」

「はい。試衛館《しえいかん》に出向いたときに何度か」

「そうでしたか。あんな無茶苦茶な少年は、そうそういません」

八十八が口にすると、伊織が「そうですね」と声を上げて笑った。

話が一段落したところで、障子が開き、宿の主人が顔を出した。

何とも辛気臭《しんきくさ》い顔をしている。

「お客様。先ほど、使いの方がこちらに見えまして——」

主人は、丁寧な口調で言う。

「使いですか？」

「はい。何でも火急の用件があるとのことで、宿の裏手にある恩宗寺《おんそうじ》に来て欲しいとのことです」

主人は、用件だけ告げると、そそくさと下がって行った。

言伝を残したのは浮雲、あるいは、土方かもしれない。しかし——罠《わな》であるということも考えられる。

——どうしたものか？

「行ってみましょう」

八十八の迷いを振り払うように、伊織が言った。

何にしても、足を運んでみれば分かることだ。守られていることに情けなさを感じるのは変わりないが、それでも、伊織がいてくれれば心強い。

「そうですね。行きましょう」

八十八は支度を調え、伊織、忠助と一緒に宿を出た。

宿で提灯《ちょうちん》を借り、言われた恩宗寺に向かって歩みを進める。静寂に包まれた夜気《やき》は、ぴんっと張り詰めていた。

宿の裏にある小道を入り、坂道を少し登ったところに、恩宗寺はあった。

山門に辿り着き、境内に入ったところで、八十八は胸騒ぎを覚えた。

そこに、浮雲や土方はもちろん、人の姿はどこにもなかった。それなのに、誰かに見られているような視線を感じる。

「伊織さん。忠助さん。帰りましょう」

八十八は、震える声で言う。

忠助は戸惑っていたが、伊織は八十八と同じように何かを察しているらしく、大きく頷いて返してきた。

急ぎ足で、その場を立ち去ろうとする。

だが――遅かった。

八十八たちの進路を塞ぐように、茂みの中から二人の男が飛び出して来た。二人とも、黒い布で鼻から下を覆っていて、顔は見えない。

腰に刀を差していることから、武士であることは察しがついた。

二人の男は、何も語らずに、ただ刀を抜いた。

「逃げて下さい」

伊織が、そう言いながら木刀を構え、八十八たちを守るように、男たちの前に立ち塞がった。

男たちは、明らかに自分たちを狙っている。まずは忠助だけでも逃がした方がいい。

踵を返した八十八だったが、退路を断つように、また男が二人現われた。この二人も、先の男たちと同じように、黒い布で顔を隠し、刀を差している。

あっという間に、四人の武士に包囲されるかたちになってしまった。

「な、何なんですか。あなた方は……」

恐怖で声が震えながらも、八十八は絞り出すように言った。

が、男たちは何も答えない。

暗い目で、八十八たちを見据えながら、少しずつ距離を縮めてくる。

伊織も、さすがに四人に包囲された状態では、おいそれと手が出せない。いや、伊織一人なら、どうにかなるかもしれないが、八十八と忠助を守るとなると、下手に動くことはできない。

とはいえ、このまま黙っていても状況は悪くなる一方だ。

まさに、絶体絶命だ。

――ただ、黙って斬られるのは癪《しゃく》だ。

せめてもの反撃をしてやろうと、八十八は持っていた提灯を、二人の男に向かって投げつけた。

火の粉が舞う。

二人は、仰《の》け反《ぞ》るようにして後退った。

そこに僅かではあるが、隙が生まれた。今なら、何とかなるかもしれない。

「行きましょう！」

八十八は、伊織に呼びかけると、忠助の手を摑み、前に立っていた男たちを突き飛ばすようにして駆け出した。

伊織もあとをついて来ている。このまま急いで宿まで戻り、助けを呼べば何とかなる。

そう思った矢先、八十八は何かに躓《つまず》いた。忠助もろとも、前のめりに倒れ込んでしまう。したたか膝を打ち、すぐに立ち上がることができなかった。

「大丈夫ですか？」

伊織が、屈み込みながら、八十八の顔を覗く。

「はい」

何とか立ち上がろうとした八十八だったが、膝立ちになったところで動きが止まった。

「逃げ果《おお》せるとでも思っているのか？」

蔑むような声がした。

顔を上げると、そこには一人の男が立っていた。

さっきまでの男たちとは違い、顔を隠していなかった。

四十にいくかいかないかの年齢の男だ。小柄ではあるが、その体格とは不釣り合いな貫禄《かんろく》を備えていた。

「顔を見られることに、怯えているから、取り逃がしたりするんだ。生かして帰すつもりなんて、さらさらないんだから、堂々と斬り捨てればいい」

小柄な男が、あとから追いついた男たちに向かって、吐き捨てるように言った。

どうやら、この男が首領らしい。

男たちが再び、八十八たちを取り囲む。今度は四人ではなく五人だ。おまけに、八十八は膝立ちの状態だし、伊織も屈み込んでいる。

さっきより、状況が悪くなっている。

「なぜ、私たちを狙うのです？」

口ぶりからして、この男たちは、最初から八十八たちを殺すことが目的のようだ。

問題は、なぜ命を狙われなければならないのか――。

忠助の身の上に起きた心霊現象を解決する為に奔走しているだけで、武士に狙われるような謂《いわ》れはない。

「知らんな」

男は平然と言う。

「え？」

「お前らが、斬られる理由なんざ、興味はない。ただ、金が貰えるから斬るだけだ」

男は、ゆっくりと鞘《さや》から刀を抜いた。

月光を受け、怪しく煌《きら》めく切っ先を見て、八十八は心底震えた。

この男は、情で動いているわけではない。金を貰い、忠実に仕事をこなすだけのことだ。そんな相手に、何を言おうと通じるわけがない。ただ、斬られるより他にない。

——何でこんなことに？

いくら考えてみても、答えは見つからなかった。

「ただ、斬られるわけには参りません」

伊織が、凛《りん》とした面持《おもも》ちで立ち上がった。五人を相手に、やり合うつもりのようだ。

「伊織さん。無茶です」

八十八が声を上げると、伊織は頭《かぶり》を振った。

「無茶でも、やらなければ逃げる術《すべ》はありません」

まさに伊織の言う通りだった。

敵《かな》うとか、敵わないの問題ではなく、生き残る為には、この男たちを打ち負かすしかない。

八十八も、非力ながら加勢しようとしたが、その前に、顔を隠した男の一人が、伊織に斬りかかってきた。

伊織は、冷静にその太刀《たち》を木刀で受け流す。そのまま、男の顎先に木刀の切っ先を突きつけた。

こうなっては、動くことができない。男は目を丸くして、呆然とするばかりだった。

女だと思って、舐《な》めてかかったのだろう。

「いい腕だ」

言ったのは、首領の男だった。

目を向けると、首領の男は、目を細めてにやにやと笑っている。

「技はいい。だが、速さが足りない。それに、何より非力だ。所詮《しょせん》は女」

首領の男は、そう続けた。

伊織の顔に怒りが浮かんだ。女だから――と嘲《あざけ》られたからだろう。

「お喋りをする余裕があるなら、かかって来たらどうですか？」

伊織は首領の男に向き直り、木刀の柄《つか》をぎゅっと握る。非力だと言われたことで、力を込めているのだろうが、少し力み過ぎているような気がする。

「言われるまでもない」

首領の男は、そう言うなり、横一文字に刀を薙《な》いだ。

その一太刀で、あれほどしっかり握っていたはずの伊織の手から、木刀が転げ落ちた。

傷は負っていなかったが、その衝撃で手を痛めたらしく、伊織が右の手首を押さえて跪《ひざまず》いた。

「だから言っただろ」

首領の男が、蔑んだ目で伊織を見下ろしている。

どうやら、口先だけではなく、確かな腕を持った男のようだ。

首領の男は、刀を下ろすと「やれ」と配下の男たちに命じた。男たちは、改めて八十八たちを取り囲んだ。

忠助はおろおろと辺りを見回しながら、恐怖に震えている。

伊織は、悔しそうに首領の男を睨んでいたが、その目からは、既に諦めていることが伝わってきた。

八十八は、伊織を守るように抱き寄せてみたが、そんなことをしたところで、先に殺されるのが自分になるだけだ。

それでも、他に手が思い浮かばなかった。

八十八は、せめて恐怖を和らげようと固く瞼《まぶた》を閉じた。

カタカタッ——。

遠くで、歯車の回るような音がした。

それと同時に、これまで自分が歩んで来た人生の思い出が、濁流のように脳内に広がった。

――これで終わりだ。

「ねぇ。おじさんたち。こんなところで、何をしてるの？」

急に声が割って入ってきた。

声変わりの終わっていない少年の声だ。

目を開けると、仄暗《ほのぐら》い闇の中に立っている少年の姿が見えた。知っている顔だった。

「宗次郎――」

八十八がその名を呼ぶと、宗次郎は、にいっと嬉しそうに笑みを浮かべた。

――なぜ、ここに宗次郎が？

問いかけようとしたが、声が出なかった。そんな八十八を見て、宗次郎は肩をすくめた。

「このくらいのことで、泣きそうじゃないか。情けないやつだな」

宗次郎が、からからと声を上げて笑った。

「なぜ、沖田さんがここに？」

伊織も驚きの声を上げる。

「あっ、伊織ちゃんだ。こいつらにやられちゃったの？　まだまだだね。でも、ぼくが来たから、安心していいよ」

宗次郎は、何が嬉しいのか、ぴょんぴょんと飛び跳ねる。

「おい小僧！　死にたくなければ、さっさと立ち去れ！」

顔を隠した男の一人が、威勢よく言う。

が、その程度のことで怯《ひる》む宗次郎ではない。

「一応、こいつらの護衛を頼まれた身だから、逃げるわけにはいかないんだよね」

「護衛？　お前のような子どもが？」

別の男が声を上げる。

それを受けて、他の男たちが一斉に笑い出した。

ただ一人、首領の男だけは、真っ直ぐに宗次郎を見据えている。見てくれに誤魔化《ごまか》されることなく、宗次郎の強さを肌で感じ取っているのだろう。

「御託《ごたく》はいいよ。やるなら、早くやろうよ」

宗次郎は、遊びに行くかのような軽い口調で言いながら、すっと木刀を構えた。

「おいおい。このガキ、本当にやるつもりだぞ」

「止《や》めとけ。止めとけ」

顔を隠した男たちが、口々に言う。

「弱い癖に偉そうにしてさ。ぼく、そういう奴《やつ》ら、嫌いなんだよね」

宗次郎が目を細めた。

その身体から発せられる気は、とても子どものものとは思えなかった。

「口だけは達者だな。少しばかり遊んでやるか」

顔を隠した男の一人が、無防備に宗次郎に歩みを進めた。

――何と愚かな。

あの男たちは、宗次郎がどういう少年なのか知らないし、気付くことすらできない。

結果は火を見るよりも明らかだ。

顔を隠した男が、宗次郎の間合いに入るなり、刀が弾《はじ》け飛んだ。

宗次郎が、木刀で払い落としたのだ。

「さっき莫迦《ばか》にしてくれたお礼。すぐには倒さないよ。いっぱい、痛い思いをしてもらわないとね」

闇夜に浮かぶ宗次郎の笑みは、ぞっとするほど恐ろしかった。

刀を取り落とした男は、この段階になって、ようやく己《おのれ》の浅はかさと、宗次郎という少年の本質を知った。

だが、もう手遅れだ――。

宗次郎は、男の小手《こて》を打ち付け、膝を払い、肩を薙いだ。

その度に骨の砕ける嫌な音が響いた。

男は、両膝を落とし、脂汗を浮かべながら呻《うめ》いている。

宗次郎は、わざと急所を外し、気を失わないようにさせ、たっぷりと痛みを与えているのだ。

「ひっ、ひぃ……」

宗次郎が問うと、男は何度も頷く。

「反省したなら、寝てていいよ」

宗次郎は、そう言うなり、男の顎先に突きを打ち入れた。

顎の骨が粉砕される音がした。

男は、口からぼたぼたと血を垂れ流し、そのまま前のめりに倒れた。

残った三人の男たちは、宗次郎の闘いぶりに、すっかり恐れをなし、後退りを始めた。

が、宗次郎は、それを見逃してくれるほど甘くない。

「さっきまでの威勢は、どうしたの？　そんなに怖い？」

宗次郎が「来い」と手招きする。

しかし、三人の男たちは、おたおたするばかりで、一向に動こうとしない。

「来ないなら、こっちから行くよ――」

言うなり、宗次郎が動いた。

猫のような素早さで、距離を縮めると、真ん中にいた男の鳩尾《みぞおち》に突きを叩《たた》き込み、続けざまに、隣にいた男の胴を薙いだ。

二人は、同時に地面に倒れて動かなくなった。

残された一人が、やけを起こしたのか「おぉぉ！」と声を上げながら、袈裟懸《けさが》けに斬りかかる。

宗次郎は、その斬撃《ざんげき》を体捌《たいさば》きだけで躱《かわ》すと、逆袈裟に打ち上げた。

男は、悲鳴を上げる暇もなく、白目を剝いて倒れ込んだ。

——終わった。

そう思った八十八だったが、すぐに思い直した。

終わりではない。まだ、本命が残っている。

目を向けると、首領の男が、宗次郎と向き合った。

「凄《すご》い腕だな」

小柄な男は、嬉しそうに口にする。

「そう？　普通だと思うけど」

宗次郎が、けろっと答える。

「いや、お主ほどの若さで、これほどの腕とは恐れ入った」

「おじさんも、結構強いみたいだね」

「ああ、強い。同じ年齢の頃であったなら、拙者《せつしや》の方が負けていたかもしれんが、鍛錬を積み重ねた時が違う。さっきの立ち合いを見て分かった。今なら、まだ拙者の方が少しばかり強いな」

　小柄な男の言葉には、重みがあった。

　他の連中とは、ひと味もふた味も違うことは、さっきの伊織との立ち合いでも分かっている。

　これまで数多の修羅場を潜って来たのだろう。

「本当？　嬉しいな」

　宗次郎は、この局面で楽しそうにぴょんぴょんと飛び跳ねる。

　おそらく宗次郎は、心の底から闘うことが好きなのだろう。余計なことは一切考えない。ただ、強い者と闘うことを、純真無垢《むく》な心で楽しんでいる。

　まさに――修羅だ。

「拙者は小三郎《こさぶろう》と申す」

　男が名乗った。

「ぼくは宗次郎。おじさん。いい刀持ってるね」

　宗次郎は、けらけらと笑いながら言った。

「分かるか？」

「うん。一寸くらい長いね」

「そうだ」

首領の男が応じる。

そうだったのか——八十八には、刀の長さの違いなど、まるで分からなかった。

「でもさ、おじさんの背丈で、その刀を使うのって、難しいんじゃないの？」

「最初はな。だが、もう極めた」

「ふうん」

「自分の身体で試してみるがいい」

小三郎は、そう言うなり、真っ向に斬りかかった。

宗次郎は身体を捌きながらそれを躱す。

しかし、男の刀は、まるで燕《つばめ》のように翻り、逆袈裟に斬りかかる。

宗次郎は、後方に飛び退きながら躱すが、小三郎の刀はまだ止まらない。さらにそこから横に薙いだ。

流水の如く滑らかな動きの連続技だ。

宗次郎は、さらに大きく飛び退き、一旦距離を置く。

「よくぞ躱した」

小三郎が、嬉しそうに笑う。

この状況を楽しんでいるとは、この男もまた修羅——なのだろう。

「凄いね。刀が生きてるみたいだ。ちょっと当たっちゃった……」

宗次郎がぽつりと言う。

――当たった？

小三郎の攻撃を、全て躱したように見えたが……。

目を凝らすと、宗次郎の着物の左腕の辺りが、ぱっくりと割れ、血が滴《したた》っていた。

宗次郎は、自らの傷口に手を当てる。指先にべったりと付いた血を舐め、にいっと笑ってみせた。

「何？」

この期《ご》に及んで、どうして宗次郎は笑っていられるのだ？

「嬉しいな……」

さすがに小三郎も、怪訝な表情を浮かべる。

「最近、近藤《こんどう》さんが全然相手してくれないから、身体が鈍《なま》ってたんだよね」

「何を言っている？」

「おじさん、それなりに強いみたいだから、本気出しちゃうね」

宗次郎が、木刀を握り直す。

これまで本気ではなかったとでも言うのか？　ただの強がりかと思ったが、宗次郎の目を見て、考えがひっくり返った。

木刀を構える宗次郎の目に浮かんでいるのは、歓喜に他ならなかった。いや、こんな闘いの中で歓喜を覚えるなど、常軌を逸している。

小三郎もまた、宗次郎の異様さを悟ったのか、わずかに後退る。

長い静寂のあと、今度は宗次郎が先に動いた。

八十八が、確認できたのはそこまでだった。気付いたときには、小三郎の身体が、後方に吹き飛ぶ。

小三郎は、何回も地面を転がり、うつ伏せに倒れたまま動かなくなった。

どんな風に木刀を振るい、小三郎を打ち負かしたのか、見ていたはずなのに、何も見えなかった。

八十八は、ただ呆然とすることしかできない。

それは、伊織も忠助も同じだった。

「安心していいよ。殺してはいないから」

宗次郎が、へらへらと笑いながら言った。

さっきまで異様な殺気を放っていたはずなのに、けろっと無邪気な子どもの顔に戻っている。

宗次郎の恐ろしさは、剣の腕というよりも、この変わり身の早さなのかもしれない。

九

八十八は、伊織と宗次郎、それに忠助とともに、宿に戻った。

部屋の戸を開けるなり、目の前の光景に、思わずぎょっとなった。

そこには、浮雲と土方の姿があった。

それだけであれば、さして驚くことではないのだが、どういうわけか、畳の上には見知らぬ二人の男が、縄で縛り上げられ、猿轡《さるぐつわ》をかまされた上に転がされていた。

「こ、これは、いったいどういうことです？」

八十八は目を皿のようにして声を上げる。

忠助も、何が何だか分からないといった様子で、顎が外れんばかりに口を開けて呆《ほう》けている。

「どうも、こうもねぇよ」

浮雲が口をへの字に曲げながら言った。

両眼を覆う赤い布に描かれた墨の眼が、いつになく異様に見えた。

「全然、説明になってません」

八十八が食ってかかると、浮雲はがりがりと髪をかき回しながら、土方に顔を向けた。

自分で話すのが面倒なので、土方にあとを引き継いだらしい。

「簡単な話です。こちらが仕掛けた餌に、この男たちが食いついたんですよ」

土方は、柔和な笑みを浮かべながら言う。

が、そんな曖昧な内容では、益々分からなくなるばかりだ。

「仕掛けとは何です?」

「昼間に、光葉屋に行きましたよね」

「はい」

光葉屋に行き、浮雲に言われた通りの内容を話し、例の菩薩像が入った木箱を置いて来た。

「あれが、餌だったわけです」

「どうして、あれが餌になるのです?」

「光葉屋では、悍《おぞ》ましい行為が行われていたんです。昼間のやり取りで、茂兵衛は、そのことがばれたと思った。そこで、あなた方を呼び出し、口封じをしようとした」

「もしかして、そうなると分かっていたのですか?」

「ええ。ですから護衛を付けたんです」

「伊織さんと、宗次郎ですか?」

八十八が問うと、土方は大きく頷いた。

「最初は、伊織さんだけのつもりだったのですが、放たれた刺客《しかく》の中に、小三郎という男がいると聞き及び、宗次郎にも行ってもらったというわけです」

どうやら、小三郎という男は、それなりに名の知れた人物だったようだ。故に、伊織一人では、手に負えないと判断したということなのだろう。

「力及ばずに、申し訳ありません」

伊織が、きつく唇を噛んだ。

己の不甲斐《ふがい》なさを悔いているのだろうが、相手が悪かっただけだ。しかし、そんなことを口にしたところで、何の慰めにもならない。

「そういうことだったんですか……。でも、この者たちは？」

八十八は、話を切り替えるように訊ねた。

「口封じすると同時に、あなた方が持っているであろう証を湮滅《いんめつ》しようと考え、宿に入り込んだんです」

「それを、浮雲さんと、土方さんが待ち伏せしたってことですか？」

「まあ、そんなところです」

土方がこくりと頷いた。

ここに至る経緯は分かった。だが、肝心なことがまだ分かっていない。

「茂兵衛は、いったい何をしていたんです？」

「それは、忠助さんから聞いた方がいいでしょう――」

そう言うと、土方は忠助に顔を向けた。

笑みを浮かべている。しかし、その目は笑ってはいなかった。暗く、鋭い目が、真っ直ぐに忠助を搦《から》め捕る。

忠助は、その視線を受け、観念したのか、ぺたんとその場に座り込んだ。

「姉は……」

しばらく、肩を落としていた忠助だったが、やがて顔を上げて語り出した。

「茂兵衛のところに奉公に出てから、姉の様子がおかしくなりました。会う度にやつれていくようで……。何度も問い質《ただ》しましたが、何も話してはくれませんでした」

忠助の声は、がさがさに掠《かす》れていた。

気の毒ではあるが、話を聞かなければ何も分からない。八十八は「それで――」と先を促した。

忠助は、顎を引いて頷いてから話を続ける。

「姉が死んだと報《しら》されたあと、私はどうしても気になって、光葉屋に足を運びました。姉の暮らしぶりについて、色々と訊いてみたのですが、何も教えてはくれませんでした。そこで――」

「どうしたのです？」

「夜になるのを待って、光葉屋に忍び込んだのです」

そこまで口にしたところで、忠助の目にぐっと力が入る。

おそらくは、そこで何かを見たのだろう。

「何を見たのです?」

八十八が訊ねると、忠助は唇を舐めてから話を続ける。

「倉の方から、声がしたのです」

「声?」

「はい。泣き声です。何だろうと、倉に足を運びました。鍵が開いていたので、そっと中に入りました。暗い中で、微かに泣き声は続いている……」

不意に、忠助が八十八の顔を見た。

瞳が揺れていた。それに同調するように、八十八の心も揺れる。心臓が、ばくばくと早鐘を打つ。

この先は、聞いてはいけない気がした。それなのに、口からは違う言葉が出る。

「それで、どうしたのですか?」

「泣き声を辿ると、倉の隅にある箱が目に入りました。それを開けると、中には——」

「何が入っていたのです?」

「赤子です」

「赤子？」

そう繰り返しながら、八十八は目眩を覚えた。

「はい。箱の中に赤子が入れられていたんです。まだ、生まれて間もない赤子です。私は、恐ろしくなって呆然としていました。そんなとき、倉の扉が開いたのです」

忠助の口許が、わなわなと震える。

「誰か来たのですか？」

「はい。奉公に来ている女中です。その女中は、私に何をしているのかと問いました。私は、慌てるあまり、その女中を突き飛ばしてしまいました。女中は、頭を打って呻いていました。私は、その隙に逃げ出しました……」

忠助は、そこまで一息に語り終えると、ぐったりと頭《こうべ》を垂れた。

部屋の中が怖いほどの静寂に包まれる。

自らの鼓動の音が、五月蠅《うるさ》いと感じるほどだった。

「なぜ、倉の中に赤子なんか……」

八十八は、ようやっと絞り出すように言った。

「殺す為さ」

ぼそっと答えたのは浮雲だった。

「え？」

「茂兵衛の嫁は、良い乳母だと言われている女だ」

浮雲が、そう付け加える。

「はい」

「茂兵衛も、お前たちの前では、つっけんどんだったかもしれんが、あの見てくれも手伝って、近隣の評判はすこぶるいい」

忠助の姉の話を突っ込んで聞いたことで豹変《ひょうへん》したが、それまでの茂兵衛は人当たりのいい印象だった。

そういったところから、茂兵衛の妻も、乳母として信頼されていたというのは、分からないでもない。だが――。

「良い乳母なら、何で倉なんかに赤子を？」

「金だよ」

「金？」

浮雲が吐き捨てる。

「そうだ。出産後、死んでしまったり、身体を壊して乳の出ない女の代わりに、乳母が赤子に乳を与えている。相手の身分が高ければ、出向くことになるだろうが、そうでない場合は、引き取ることもある」

「はい」

出産は、まさに命懸けだ。

子を産んでから死んでしまう女はざらだし、身体を壊して乳が出ないという話もよく聞く。

「乳母になる報酬として、金が支払われることも知っているな」

「ええ」

「つまりは、そういうことだ。光葉屋は、金欲しさに、乳も出ないのに、乳母になるのさ」

「でも、それじゃ赤子は……」

「そうさ。乳なんか出ねぇんだから、餓死しちまう。だが、赤子が死ぬなんてのは、よくあることだ。そうやって、金だけせしめてるのさ」

「酷い！　よくもそんな外道《げどう》なことを！」

八十八は、かっと頭に血が上った。

真っ当な人間のやることではない。それは、もはや鬼畜の所業だ。

「光葉屋の女中は、預かった赤子の面倒を見させられていたんだよ。まあ、面倒と言っても、死んだあとの処理ってことだがな……」

浮雲の話を聞き、怒りに塗《まみ》れた八十八の目に、忠助の哀しげな顔が映った。

――そうか。

忠助の姉は、そうした赤子の処理をさせられていたのだ。そのことを誰にも言えず、じっと耐えていた。

そして、忠助は、光葉屋に忍び込んだときに、そのことを知ってしまった。

本当のことを言いたい気持ちはあるが、それをすれば、不本意であったとはいえ、姉もそれに荷担していたことを、認めなければならない。

それはできない。だから苦しんでいたのだ。

こうやって、改めて詳しい話を聞くと、光葉屋で自分が喋らされた不可解な内容の意味も分かる。

あのときの八十八は、意味が分かっていなかったが、茂兵衛からしてみれば、気が気ではなかったはずだ。

しかし、八十八にはもう一つ分からないことがあった。

「でも、光葉屋に預けた子が、そんなに死んだら、さすがにおかしいと疑われませんか？」

八十八が問うと、浮雲は土方に目を向けた。説明を促しているのだろう。

土方は、一つ頷いてから口を開く。

「隣近所の子どもを預かれば、そういうことにもなります」

「どういうことです？」

「茂兵衛には、商いで築いた人脈があります。それを使って、悪い噂が広まらない程度に、離れた地域の赤子を預かっていたんですよ」

「何と……」

預かる赤子の地域がばらばらであれば、茂兵衛のところに預けた赤子が死んだという話も、そうそう広まらないというわけだ。

「もちろん、それだけではありません。さっき、八十八さんたちが足を運んだ寺――おかしいと思いませんか？」

「何がです？」

「あれだけの騒ぎを起こしたのに、住職は姿を現わしませんでしたよね」

「はい」

「あの寺の住職は、茂兵衛に借金があるのです。乳母として茂兵衛の妻を斡旋《あっせん》したり、疑う者を説き伏せたりしていたんですよ」

土方の話を聞き、八十八は戦慄した。

茂兵衛は、そうやって金を転がしながら、好き勝手やっていたというわけだ。

「そうした自らの所業を隠す為に、私たちを襲ったのですね」

八十八は、ぎゅっと拳を固く握った。

浮雲が「そういうことだ――」と応じる。

大方のことは納得した。しかし、全てに合点《がてん》がいったわけではない。

「忠助さんのところに現われた赤子の霊は、もしかして、光葉屋で餓死した赤子たちですか？」

八十八が訊ねると、浮雲は「そうだ——」と思っていた通りの返答を寄越《よこ》した。

「でも、なぜ忠助さんのところに？　出るなら、茂兵衛のところでは？」

八十八がさらに問いを重ねると、浮雲がゆらりと立ち上がった。

「それについては、あとで教えてやる。それよりも、これから赤子の霊を祓いに行くぞ——」

凜とした浮雲の立ち姿を見ながら、八十八は大きく頷いた。

十

月に照らされ、光葉屋はひっそりと佇んでいた——。

八十八には、家自体が、異様な空気を放っているように見えた。

赤子を餓死させる、鬼畜外道の家だ。

「さて、行くか」

浮雲が、金剛杖を肩に担ぎながら言う。

八十八は「はい」と応じ、浮雲のあとを追って歩き出した。

土方に宗次郎、それに伊織と忠助の姿もある。

「ぎゃぁ！」

家の中に入ろうと戸を叩いたところで、切り裂くような悲鳴が上がった。

何事かと慌てる八十八とは対照的に、浮雲は赤い唇を吊り上げて、笑ってみせた。

「始まったか」

「いったい何が始まったのですか？」

八十八が訊ねると、浮雲は「見れば分かる」と応じ、出てきた家の者を押しのけ、そのまま中に入って行く。

こうなると、黙って付き従うしかない。

浮雲は、真っ直ぐ奥の部屋へと歩みを進め、「ここか――」と呟き、勢いよく障子を開けた。

「なっ！」

そこに広がる光景を見て、八十八は腰を抜かしそうになった。

部屋の中には、茂兵衛とその妻の姿があった。

二人で抱き合うようにしながら、部屋の隅でがたがたと身体を震わせている。

そして――。

赤子の群れが、二人を取り囲んでいた。

おぎゃぁ、おぎゃぁ――。

泣き声が幾重《いくえ》にも重なり、部屋の中で反響している。

阿鼻叫喚《あびきようかん》の地獄絵図だ。

伊織も、さすがにこの光景には恐れをなしたのか、怯えた表情を浮かべながら、八十八の着物を摑んだ。

忠助の家で見たときは、ただ恐ろしいばかりだったが、今の八十八には、少しばかり違って見えた。

赤子たちは、みな飢えていた。

泣いているのは、乳を欲しているからだ。

「困っているようだな。助けてやってもいいぞ」

浮雲は、そう言いながら部屋の中に足を踏み入れた。

「…………」

茂兵衛は、突然の闖入者《ちんにゆうしや》に困惑している。

「おれは憑きもの落としだ。ここにいる赤子を祓ってやってもいいと言っている」

浮雲が言うと、茂兵衛の目の色が変わった。

「た、頼む。た、た、助けてくれ……」

茂兵衛が、両手を合わせて懇願する。

「良かろう。助けてやろう。だが、条件がある」

「な、何だ？　何でもする。金なら、幾らでも払う」

茂兵衛が這いつくばるようにして言う。

「金は要らん。その代わり、お前たちがやったことを、一切合切《いっさいがっさい》奉行所に申し出ろ」

「そ、それは……」

途端に茂兵衛が口籠《くちご》もる。まだ、己の保身を考えているらしい。

「嫌か。なら、助けることはできんな」

浮雲がくるりと背を向けた。

「ま、待ってくれ。金を払うと言っているんだ。何とか、助けてくれ」

「おれは、金の話はしていない。要求が吞めないなら、赤子とともに朽ち果てるがいい」

「助けを求めているのに、見殺しにするつもりか！」

茂兵衛が叫んだ。

その途端、浮雲の表情が豹変した。

赤い布で両眼を隠している。それでも、彼の双眸が、怒りで烈火の如く燃えているのが分かった。

浮雲は、改めて茂兵衛に向き合うと、両眼を覆った赤い布をするりと外した。

真っ赤な双眸が、茂兵衛を見据える。

茂兵衛が「ひゃっ！」と声を上げながら、ばたばたと床を這うようにして逃げ出そうとする。

しかし、浮雲はそれを許さなかった。

茂兵衛の首根っこを捕まえると、ぐいっと自分の方に向かせた。

「お前が、それを言うか？　お前たちは、赤子が助けを求めて泣いたとき、どうしたんだ？」

浮雲の怒りに満ちた声が、鬱積《うっせき》した空気を震わせた。

茂兵衛は、浮雲の赤い双眸に搦め捕られ、何も喋ることができず、わなわなと口を震わせた。

「赤子は乳を欲した。だが、お前たちは与えなかった。その結果が、これだ――」

浮雲は、金剛杖で赤子たちを指し示した。

茂兵衛とその妻は、ただ顔を青くして、震え続けている。

「お前たちは、赤子を飢えさせたのみならず、その秘密を知っているであろう者たちを、金で雇った武士を使って殺そうともした」

「ち、違う！　そんなことはしていない！」

茂兵衛が堪らずといった感じで叫んだ。

この期に及んで、往生際が悪い。が、それくらいの神経の太さがなければ、斯様《かよう》な行為に及ぶことなどできないだろう。

「惚《とぼ》けても無駄だぞ。お前が放った刺客は、既に捕らえてある」

「なっ……」

「もう、言い逃れはできんぞ！」

茂兵衛は、浮雲を振り払うと、部屋から逃げ出そうとしたが、土方と宗次郎が立ち塞がる。

逃げ場を失った茂兵衛は、障子戸を開けて外に飛び出そうとした。

が——次の瞬間、茂兵衛の動きがぴたりと止まった。

「え？」

八十八は、一瞬、何が起きたのか分からなかった。

よく見ると、茂兵衛の胸は、刀で貫かれていた。障子の向こうから、何者かに刺されたのだ。

刀が引き抜かれる。

茂兵衛は、自らの血で障子を真っ赤に染めながら、仰向《あおむ》けに倒れた。

「何ということを……」

八十八は、茂兵衛に駆け寄った。

すでに息をしていなかった。大きく見開かれた目が、ただ虚空を見つめていた。

「誰だ！」

浮雲が障子の向こうに向かって吠える。

そんな浮雲を嘲るように、ひゃひゃひゃっと甲高《かんだか》い笑い声が障子を震わせる。

――いったい何者だ？

この状況において、笑い声を立てるなど、まともではない。

「出て来いと言っている！」

浮雲が、再び怒りに満ちた声を上げる。

笑い声がぴたりと止まり、音もなく障子が開いた。

そこには、一人の男が立っていた。恵比寿様のような派手な恰好《かっこう》をした、小柄な男だった。

いや、小柄に見えるのは、背中を丸め、簞笥のように大きな笈《おい》を背負っているからかもしれない。

顎からは白い一本鬚《ひげ》を垂らし、皺《しわ》だらけの顔に笑みを貼り付けた老人だった。

八十八は、この男に見覚えがあった。顔ははっきりとは見ていないが、あの大きな笈は覚えている。

八王子に行く途中で会った男。忠助の家の前を、通り過ぎて行ったのと、おそらく同じ男だ。

よく見ると、笈には、縦四本、横五本の線の格子のような模様が描かれていた。

「いやぁ、なかなか面白いものを見せて頂きました」

老人は自らの顎鬚を撫でながら、いかにも楽しげな口調で言った。

「お前が、蘆屋道雪《あしやどうせつ》か……」

浮雲の口から、苦々しい声が漏れた。

「し、知っているのですか？」

八十八は、驚きとともに訊ねた。

「会うのは初めてだ。だが、その名は耳にしていた。陰陽師、蘆屋道満《どうまん》の子孫を名乗り、京の都で名を馳《は》せた男だ」

浮雲が苦々しい口調のまま続けた。

かつて、狩野遊山《かのうゆうざん》という呪術師と対峙《たいじ》したことがあった。他人の心を巧みに操り、自らは手を汚すことなく、目的の人物を殺害する暗殺者として策動していた男だ。

この蘆屋道雪は、それと同じ穴の貉《むじな》ということなのだろうか。

「ほう。私のことをご存じですか」

道雪は感心したように、顎を突き出す。

「ああ。その悪名《あくみょう》をな。蘆屋道雪。またの名を、妖面《ようめん》の道雪」

「私も、あなたのことを知っていますよ。異能故に、やんごとなき血筋でありながら、捨てられた男。今は、浮雲と名乗っているようですが、本当の名は……」

「黙れ！」

浮雲が、割れんばかりの声を上げた。

今、道雪は浮雲に対して、やんごとなき血筋と言った。もし、その言葉が本当だとすると、浮雲は……。

「おやおや。何をそんなに怒っているのです？」

道雪は、笑みを崩さずに言葉を口にする。

「なぜ、こんなことをした？」

「こんなこととは、何のことを指しているんです？」

「茂兵衛たちに、赤子を殺させたことだ」

浮雲が睨み付けると、道雪は「ああ」と気の抜けた声を上げた。

「殺させたなんて、滅相《めっそう》もない。ただ、乳母として赤子を預かれば、それなりに儲《もう》かると教えてあげただけですよ」

道雪がこともなげに告げる。

自分の言動により、どんなことが起きるのか分かっていてなお、罪の意識を感じていない。そんな口ぶりだった。

「本当は、それだけではないだろう」

浮雲が詰め寄る。

「まあ、そうですね。茂兵衛が最初に預かったのは、商売敵《がたき》の赤子です。件《くだん》の家は跡取りを失い、主人も高齢であった為に、それ以降、子を生《な》すことができず、結局、番頭が跡目を継ぎました」

道雪が笑いながら言った。

「もしかして、その番頭は、茂兵衛と結託していたのか？」

「察しがよろしいですね。かくして、茂兵衛は件の商家を傘下に収め、ここまでのし上がってきたというわけです」

道雪の話を耳にした八十八は、心の奥底が震えた。

単に金というだけでなく、そうした陰謀が渦巻き、赤子たちがその犠牲になったというわけだ。

「つまらねぇ仕掛けをしやがって！　なぜ、こんなことをした？」

浮雲がドンッ——と金剛杖を突く。その怒りで、建物の空気が震えた。

「なぜって、面白いからやっているんですよ」

道雪は、そう言うと高らかに笑った。

「ふざけるな！　そうやって、他人の心を踏みにじって、何とも思わねぇのか？」

浮雲の叫びで、道雪の笑いが止まった。

「思いますよ」

道雪がポツリと言う。

「何？」

「だから、面白いと思っているんですよ」

「何だと？」

「だってそうでしょ。平穏に暮らしている人々に、ほんの少しだけ刺激を与える。たったそれだけのことで、人は思いもよらない芝居を演じてくれるんですよ。その筋書きは、誰にも分からない。こんな面白いことは、他にないでしょ」

道雪は、肩を震わせながら笑った。

「たったそれだけの為に？」

八十八は、震える声で言った。

「ええ。面白いか、面白くないか、それが全てではありませんか？」

道雪が、八十八に顔を向けながら言った。

——恐ろしい。

道雪は、呪術師である狩野遊山とは、全く異質の恐ろしさだ。

狩野遊山は、政敵を葬る為に策動する暗殺者としての側面を持っている。その行動の正否はともかく、信念がある。

だが、道雪は違う。己が楽しむ為だけに、人の心を操り、破滅に導いているのだ。

「忠助に菩薩像を渡したのも、お前か？」

浮雲が問う。

「ええ。そうです」

「それも、面白いからか？」

「もちろんそうです。まあ、道具の実験も兼ねていましたけどね」

また、道雪が笑う。

これまで、話に呑まれて見落としていたが、ここに来て、八十八は道雪の顔に違和を感じた。

道雪は、ずっと笑ったままなのだ。あれは――。

「お前の謀《はかりごと》も、もうこれまでだ」

浮雲が金剛杖を構え、その先端を道雪に向ける。

「ねぇ。このおじさん、強いんでしょ。ぼくにやらせてよ」

宗次郎が、嬉々《きき》として口を挟む。

浮雲に土方、それに宗次郎までいる。よもや、道雪に逃げ道はあるまい。

「あなた方は面白い。剣で決着などという無粋な真似《まね》は、したくありません。また、次の機会に——」

道雪は、くるりと背中を向けた。

この状況で、自ら背を見せるなど、あまりに愚かな行為だ。

「火を放ちやがったな……」

浮雲が、鼻をひくつかせながら苦々しく言う。

そう言われてみれば、焦げ臭い。などと思っているうちに、煙が立ちこめてきた。それは、みるみる広がり、さらにあちこちで火の手が上がっているようだ。

浮雲は、悠然と立ち去ろうとする道雪を追いかけようとしたが、できなかった。いつの間にか、騒ぎを聞きつけた奉公人や子どもたちが集まって来ていた。家には火が放たれている。この人たちを逃がすのが先だ。

「またお会いしましょう——」

道雪は、そう言い残して姿を消した。

部屋の隅で怯えている茂兵衛の妻を連れ、奉公人や子どもたちを追い立てるようにして、皆で家を飛び出した。

煤塗《すすまみ》れになりながら、振り返ると、光葉屋が業火《ごうか》に焼かれていた。

八十八には、それが赤子の怒りであるように思えた。

十一

「いったい、何がどうなっているのですか？」

八十八は焼け落ちる光葉屋に目を向けながら、困惑とともに訊ねた。

「聞いていた通りだ」

浮雲が、怒りに塗れた声で言う。

光葉屋で、何が行われていたのかは分かった。そして、それに蘆屋道雪という呪術師が絡んでいたことも——。

だが、肝心なことがまだ分かっていない。

「どうして、赤子の霊の群れが光葉屋に現われたのですか？」

これまでは、忠助の家に現われていたものだ。

「これですよ」

そう言って、土方が細長い木箱を差し出して来た。

煤けてはいるが、中には黄金の菩薩像が収められている。

「これが、何なのですか？」

「見てみれば分かります」

土方は、そう言って菩薩像を手に取ると、その台座を外し、中を八十八に見せた。台座の底には、道雪の笈にあったのと同じ、格子模様が描かれていた。

中が空洞になっていて、砂のような白い粒が詰まっていた。

「これは？」

「赤子の遺骨さ——」

浮雲がため息混じりに言った。

「え？」

「茂兵衛は、赤子が死んだあと、さっさと火葬しちまってたのさ」

「どうしてです？」

「そのまま親許へ返したら、痩せ細った身体を見て、乳を与えなかったことが、知れてしまうだろ」

「それは、そうですが、いきなり火葬してしまうなんて、怪しまれませんか？」

「それを誤魔化す役を担っていたのが、町山診療所の医師です」

土方が答えた。

「どういうことです？」

「簡単なことです。町山診療所の医師は、茂兵衛と結託していて、疫病にかかったと嘘《うそ》の報告をするわけです」

になる。

「ああ、そうか」

疫病にかかったのであれば、すぐにでも火葬しないといけない——と、そういうこと
おそらく、八十八が茂兵衛から聞いた話を基に、土方が調べ上げたのだろう。

疫病を恐れて、遺骨を受け取らないということもあったかもしれない。

おそらく、八十八が茂兵衛から聞いた話を基に、土方が調べ上げたのだろう。

「そういうことだったんですか……。でも、茂兵衛のところに赤子の幽霊が現われた理
由には……」

「なっているだろ」

浮雲が、八十八の言葉を遮るように言った。

「どうしてですか？」

「この菩薩像には、赤子の遺骨が詰まっている。それは、まさに赤子の思念の塊のよう
なものだ」

——なるほど。

最初から赤子の幽霊は、忠助の家に現われたわけではなく、この菩薩像から湧いて出
てきていたということだ。

「もしかして、これを造ったのが、さっきの蘆屋道雪という人ですか？」

八十八の問いに、浮雲は苦い顔をする。

「ああ。道雪は、人を呪う為の道具、呪具を作るのを得意としていた男だ」

浮雲の話を聞き、八十八は心底恐ろしくなった。

この菩薩像の恐ろしさは、八十八自身も身をもって味わった。偶然の産物ではなく、呪う為の道具として、赤子の遺骨を集めるなど、もはや正気の沙汰ではない。

ふと視線を向けると、地面に面のような物が落ちていた。それを拾い上げた八十八は戦慄した。

白い一本鬚の生えた翁《おきな》の面だった。

八十八が感じた、違和の正体はこれだった。暗がりで分かり難《にく》かったが、道雪は素顔を見せていなかったのだ。

老人に見えたのも、そう見せただけかもしれない。本当に、得体の知れない男だ。

だが、何にしても、これで終わりだ——。

そう思った矢先、声がした。

おぎゃぁ——。

赤子の泣き声だ。

いつの間にか、八十八たちの周りに、赤子たちがわらわらと湧いて出てきていた。

「ひぃ！」

八十八は、思わず悲鳴を上げる。

そうだった。まだ、赤子の霊は祓えていない。蘆屋道雪が作り出した、恐るべき呪詛《じゅそ》の道具——いったい、これをどうやって祓うのだろう？

赤子のように、純粋な欲求のみで、かつ言葉が通じない相手を祓うのは難しいと、浮雲自身が言っていた。

「お前の姉さんの出番だ」

浮雲は、忠助に目を向けた。

忠助は「え？」と戸惑いの表情を浮かべる。

「お前の家に現われた赤子たちは、みな同じ場所を目指していた」

浮雲が、そう付け加える。

「同じ場所？」

忠助は、何が何だか分からないらしく、困惑の表情を浮かべる。

「そうだ。お前の姉さんの遺骨を目指していたんだ」

「な、なぜ、姉さんを……」

「お前の姉さんだけが、赤子を救おうとしていた。乳は出ない。せめて、と水を与え、何とか生かそうと働いていたんだ。それが、茂兵衛の耳に入り、邪魔になって殺された——」

浮雲の衝撃の言葉に、忠助が目を丸くした。

おそらく、浮雲が言っているのは真実だ。宿で捕らえた男たちから、聞き出したといったところだろう。

「姉さんが……」

「数多の赤子たちを救えるのは、お前の姉さんだけだ」

「しかし……」

「お前の姉さんも、それを望んでいる」

浮雲は、静かに、だが優しさに満ちた声で言った。

忠助は迷いながらも、持っていた遺骨と位牌を地面の上に置いた。さっきまで、けたたましく泣いていた赤子たちの声が、一斉に止《や》んだ――。

一人、また一人と、赤子の霊が闇に溶けるように消えていく。

「こ、これは……」

「忠助の姉さんが、その深い愛で、赤子を受け容《い》れているのさ」

浮雲は、そう言って視線を空にやった。

八十八も、同じ方向に目を向ける。一瞬ではあるが、闇夜に浮かぶ、女の姿が見えた気がする。

どこかで、きゃっ、きゃっ――と笑う赤子の声がした。

が、すぐに辺りは静寂に包まれた。

やがて、忠助がはらはらと涙を零《こぼ》して泣き始めた。

その姿を見つめる八十八の胸には、哀しくやるせない気持ちが溢《あふ》れて来た。

その後

「本当に、お世話になりました――」

忠助は丁寧な口調で言うと、腰を折って深々と頭を下げた。

浮雲が根城にしている、神社の鳥居の前である。

「いいえ。私などは、何もしておりません」

八十八が答えると、浮雲は「まったくその通りだ」と頷いた。反論したいところだが、事実なので仕方ない。

「どうせ、私は何の役にも立ちませんでしたよ」

八十八が、やけを起こして言うと、隣に立っていた伊織が頭《かぶり》を振った。

「そんなことありません。八十八さんが、必死になったからこそ、浮雲さんが動いたんです。八十八さんには、そういう力があります。そうですよね」

伊織が顔を向けると、浮雲は不機嫌そうに舌打ちを返した。

浮雲がどう思っているかは、この際、どうでもいい。ただ、伊織が慰めてくれたのは、少し嬉しかった。

「その通りです。八十八さんは、見ず知らずの私なんかの為に、一所懸命になって下さいました」

そう言ったのは、忠助だった。

「いえ。私は……」

面と向かって言われると、何だか気恥ずかしい。

「何を照れてやがる」

浮雲が、八十八の頭を小突《こづ》いた。

「痛いです」

「うるせぇ。調子に乗るからだ」

「別に、調子になんか乗っていません」

「乗ってるだろうが」

八十八と浮雲のやり取りを見て、伊織が口許を押さえて笑った。

今回、何もしてはいない。その代わりと言っては何だが、八十八には用意してきたものがあった。

「あの、忠助さん。もし良ければ、これを──」

八十八は、そう言って忠助に絵を差し出した。

昨晩、光葉屋の前で見た、忠助の姉の幽霊の姿を思い浮かべ、それを肖像にして描いたものだ。

「姉さん……」

絵を手に取った忠助は、それがすぐに姉だと分かったようだ。

じわっと目に浮かぶ涙を着物の袖で拭い、改めて八十八に目を向ける。

「本当に、頂いてよろしいのでしょうか？」

「はい。ぜひ、忠助さんに持っていてもらいたいのです」

八十八が言うと、忠助は「ありがとうございます」と、再び腰を折って頭を下げた。

絵を荷物と一緒にまとめ、出立しようとした忠助だったが、何かを思い出したように動きを止め、浮雲に向き直る。

「あの……。お金なんですが……」

忠助がおずおずとした口調で切り出す。

うやむやになってしまったが、浮雲と忠助の間で、報酬の折り合いがついていなかったことを思い出した。

「早く寄越せ」

浮雲が、忠助に向かって手を差し出す。

こういう態度を見ると、やはりただの守銭奴にしか見えない。

「あの……今は、これだけしか……」

そう言って、忠助は巾着袋を取り出し、浮雲に渡した。

浮雲は、中に手を突っ込み、その感触を確かめたあと、大きくため息を吐いた。

「何だ。五両しか入ってねぇじゃねぇか」

もし、浮雲の言うように五両しか入っていないのだとしたら、前金として提示した額にも満たない。

おそらく、すぐに用意できる金が、それだけしかないということなのだろう。

「す、すみません。今は、それしか……。でも、必ず金を作って、残りをお届けします」

忠助が慌てた口調で言った。

「まあいい」

浮雲がぽつりと言う。

「え？」

「だから、今回は五両で勘弁してやると言ってるんだ」

忠助が「へ？」という顔で、浮雲を見ている。

浮雲は、その視線から逃れるように、くるりと背を向けた。

「これだけでいいと言っている。その代わり、お前の姉さんの為に、立派な墓を建ててやれ」

「あ、ありがとうございます！」

忠助は、目に涙を浮かべながら頭を下げた。

「おれの気が変わらんうちに、さっさと行け」

浮雲が、忠助に背を向けたまま、ひらひらと手を振った。

忠助は、二、三歩進む度に振り返り頭を下げるということを繰り返しながら、ゆっくりと去って行った。

何だかんだ言いながら、やはり浮雲は情に厚い男なのだ。

まじまじと浮雲を見た八十八の脳裏を、ふと蘆屋道雪が言っていた言葉が過った。

「あの……」

八十八が声をかけると、浮雲が顔を向けた。

「何だ？」

「浮雲さんの、本当の名は、何というのですか？」

八十八は、おそるおそる訊ねた。

蘆屋道雪は、浮雲がやんごとなき血筋だ――と言っていた。それが、本当だとすると、相当に高貴な血を引いていることになる。

それに、本当の名についても、何か意味がありそうだった。

「浮雲だ」

浮雲は、墨で描かれた眼を空に浮かぶ雲に向けながら言った。

「いや、しかし……」

それは、本当の名を明かしてくれないから、八十八がそう名付けただけだ。これまで、深くは追求して来なかったが、浮雲には、本当の名があるはずだ。

「しかしも、へったくれもねぇ。おれの名は、お前が決めた。浮雲だ。それで充分だ」

浮雲は、きっぱり言うと、すたすたと歩き出してしまった。

慌ててあとを追いかけようとした八十八だったが、伊織がそれを止めるように手を摑んだ。

「八十八さん。もう良いではないですか」

伊織が、上目遣いに八十八を見つめながら言う。

「でも……」

「本当の名が何であれ、過去に何があったとしても、私たちにとっては、浮雲さんです」

伊織の微笑《ほほえ》みに呑み込まれて、八十八もそれでいいか——という気になった。

「そうですね」

八十八は、そう応じた。

「おい！　お前たちは行かねぇのか？」

前を歩いていた浮雲が、足を止めてこちらを振り返っている。

「行くって、どこにです？」

「呑むに決まってるだろうが」

浮雲が、忠助に貰ったばかりの巾着を、じゃらじゃらと音を立てて揺らした。

八十八は、伊織と顔を見合わせ、頷き合った。

「待って下さい。今、行きます」

八十八は、そう言うと、伊織と一緒に浮雲のあとを追いかけた――。

あとがき

『浮雲心霊奇譚　菩薩《ぼさつ》の理《ことわり》』を読んで頂き、ありがとうございます。

ここまでシリーズを書き続けることができているのは、皆様の応援あってのことです。この場を借りてお礼申し上げます。

本当にありがとうございます——。


本作では、ついに若かりし頃の近藤勇《こんどういさみ》と沖田総司《おきたそうじ》（幼名・宗次郎《そうじろう》）が登場します。既に登場している土方歳三《ひじかたとしぞう》もそうですが、自分の好きな歴史上の人物を、自分の作品の中に登場させるというのは、歴史的な制約もあり、苦労を強いられることも多いのですが、それを補って余りある楽しさがあります。

自分の創《つく》り出したオリジナルのキャラクターと、歴史上の人物を共演させることで、まるで私自身がその人物に会ってきたような気になり、心が躍ります。

特に殺陣《たて》のシーンは、天然理心流《てんねんりしんりゅう》を嚙《かじ》ったこともあり、その思いが一層強くなりました。沖田総司が大暴れしているシーンなどは、もうニヤニヤが止まりませんでした。

今回、近藤勇はほとんど出番がありませんでしたが、いつか大暴れさせようと画策しています。

他にも、描いてみたい人物が沢山いるので、どう物語に絡めていくのか、色々と思考を巡らせているところです。楽しみにしていて下さい。

江戸の末期は、印象に残る人物が本当に多くて困ってしまいます——。

果たして、次はどんな人物が登場するのか？

待て！　しかして期待せよ！

天然理心流心武館館長、大塚篤氏には
取材に全面的に協力いただき、大変お世話になりました。
この場を借りて、お礼を申し上げます。

神永学

初出誌「小説すばる」
「死人の理」　二〇一六年六月号
「地蔵の理」　二〇一六年九月号
「菩薩の理」　二〇一六年十二月号

この作品は二〇一七年二月、集英社より刊行されました。

集英社文庫　目録（日本文学）

集英社文庫　目録（日本文学）

集英社文庫

浮雲心霊奇譚《うきくもしんれいきたん》 菩薩《ぼさつ》の理《ことわり》

2019年2月25日 第1刷 定価はカバーに表示してあります。

著 者 神永《かみなが》 学《まなぶ》

発行者 徳永 真

発行所 株式会社 集英社

東京都千代田区一ツ橋2-5-10 〒101-8050

電話 【編集部】03-3230-6095

【読者係】03-3230-6080

【販売部】03-3230-6393(書店専用)

印 刷 凸版印刷株式会社

製 本 凸版印刷株式会社

フォーマットデザイン アリヤマデザインストア マークデザイン 居山浩二

ISBN978-4-08-745840-4 C0193